ちくま文庫

三つ星の頃

野尻抱影

筑摩書房

目次

本作品は、一九二四年に研究社より、一九七八年に北宋社より刊行されました。

収録作品の中には今日の人権意識に照らし合わせて不適切と考えられる表現・語句等が含まれている場合がありますが、作品の執筆された時代的背景及び作品の文学的価値を鑑み、また著者が故人であることからおおむねそのままとしました。

三つ星の頃

序にかえて

『三つ星の頃』十一篇は、年ごろ学生のために書いた物語の中《うち》、特に自分でも捨て難い物のみを選びました。こう纏《まと》めてみると、その時の気分や読者の程度によって、随分お恥ずかしいむらもありますが、しかし各篇に織り込んだ材料は、いずれも見聞した事実に拠ったものであり、中には僕の忘られぬ追憶《おもいで》に絡んでいるものもあることが、単なる空想で捏《こ》ねあげた甘悲しい少年小説の類よりはましであるとの自信をもっております。

この小著を、僕が約七年間主筆となっていた雑誌「中学生」を去る記念として、謹んでその誌友諸君に献じます。

大正十三年十一月　　抱影

三つ星の頃

一

夜半《よなか》に、俊輔《しゅんすけ》はぽっと目を開《あ》いた。長い廊下の突当《つきあた》りの辺《へん》から、氷嚢《ひょうのう》用の氷を砕く機械の音が侘しく聞えている。この時刻に一度目を覚《さま》すのが、俊輔には、この頃の癖になっていた。

俊輔の熱は、今から一週間ほど前、入院から約一月目《つきめ》で、初めて落着いた。あの日、俊輔は、この病室の隅で、消毒衣を着けた父と母が、院長とひそひそ談《かた》っているのを聞いた。

「何とも御礼の申しようもございませんじゃ」父はいつもの沈着《おちつき》に似ず、声を弾ませて言っていた。

「これも神業でございましょう」母が、半《なか》ば涙声で言っていた。

(それじゃ僕は癒《なお》るんだ)その時、俊輔は、疲れた頭の中で、こう思ってみた。しかし別に嬉しくも感ぜられなかった。なるほど、永いこと熱に高低《たかひく》があって、見舞の人達や看護婦が、心配げに囁いていているらしい声を、何かの折に耳にすると、自分も不安でないではなかった。が。（自分は十中の八九助からぬ有様《ありさま》にある）とは、ふだん光明にのみ心を向けている十四の少年には、とても信ずることが出来なかった。それに、この病気――窒扶斯《チフス》――の常として、生死を思わすほどの苦痛を感じさせなかったためもあったろう。

しかし、その俊輔にも、あの日から以来《こっち》、身体に力の復《もど》って来るのが、まざまざと意識されて来た。重湯《おもゆ》と牛乳が咽喉《のど》を通り始めると、五燭《しょく》の電球の線がありあり見え出した。昼と夜との区別《けじめ》がはっきり分って来た。夜が長く、朝の来るのが待遠《まちどお》で堪《たま》らなくなった。これまでは目も呉れなかった見舞の黄菊の鉢植や、西洋種の切花が、美しく眺められるようになった。時々交替する看護婦の顔が、珍しく見比《みくら》べられるようになった。こういう意識は、俊輔にも、さすが嬉しくてならなかった。

が、今の俊輔にも切ないことがあった。それは毎夜のように、夜半に目の冴えることだった。

電燈は紐を出来るだけ伸して、寝台《ベッド》の足の方に、その光が隠してある。これは目に煩《うるさ》くないためだったが、天井の高い、隅々の暗い病室は、陰々たる深夜の気を籠《こ》めて、なんとなく俊輔の心を脅《おび》えさせた。

しゃりしゃりという砕氷の音が止むと、いつも定《きま》りで一時が鳴った。その音色が一種異様で、俊輔は、下にぐらつく台でもある眼覚《めざまし》時計のことを思い浮べていた。時によると、砕氷の音が聞えずに、広い病院全体が寂《しん》として、時々どこかの病室から苦しげな呻声《うめきごえ》が聞えるようなことがあった。こんな時、俊輔は、何かの用に仮託《かこつ》けて鈴《ベル》を押して、看護婦を呼んだ。忠実な看護婦は、どんな深夜にでも、白い制服の姿を、暗い扉口《とぐち》から辷《すべ》り入《い》らせて、言い附ける通りにしてくれた。

「何時です?」俊輔は仰向きのまま訊ねる。

「今し方十二時が鳴りましたの」看護婦は大方こう答える。――十二時か、一時で、二時と答える場合は滅多になかった。

(十二時、一時、二時……五時、夜明までは六時間もある。八時に眠《ね》て、今まで五時間、……もう今まで位眠らなきゃならないのか)こう思うほど思って、無理やりに眠りを誘い出そうと努力するほど、今の俊輔に辛いことはなかった。これが毎晩のようだった。

暗い長い夜、もうとても夜明の来そうもない夜、と思ったことさえ、幾度もあった。いつの間にか、とろとろと眠って、ふと目が覚《さ》めると、看護婦が窓の鎧戸をそっと開《あ》けている。外は未だ暗いながら、黎明の冷々《ひやひや》する風が忍び込んで来ている、――そういう時の嬉しさ、悦《よろこば》しさ。そして夜《よ》がぱっちりと明けて、内庭の桐の樹の黄ばんだ広《ひろ》葉《ば》に、薔薇色の朝日の射《さ》すのを見る度《たんび》に、俊輔は、「ああ今日も来たな！」と癖のようにロのうちに繰り返していた。そして快い洗面、そして、舌に運ばれる甘い冷たい葛湯の味と言ったら！

こうして、俊輔は今夜も目を覚《さま》したのである。砕氷の音はやがてに止んだ。暫くすると、いつもの通り、妙に何かに響く時計の音が、一時を打った。

（ああ、やっと昨日が済んだばかりだ）俊輔は嘆息した。瞼を閉じても、その中で目の玉が冴々《さえざえ》となっているのが、よく分る。氷枕も氷嚢も大分生温《なまぬる》くなっている。腹部の二つの氷嚢だけが、痛いほどの冷たさを感じさせている。

俊輔は、いつも通り心細さが募って来た。看護婦を呼んで、枕を替えさせようと、左の手を毛布から伸して、盲捜《めくらさぐ》りに呼鈴を捜したが、どうしてもそれに触らなかった。今度は右手を伸して、その側《そば》の枕許を捜した。そこにもなかった。

俊輔は苛立って、そろそろと頭を右へ動かした。そして見るともなしに窓の方を見ると、「あ」と低く叫んだ。

二

看護婦が宵に閉め忘れたか、夜半《よなか》の風に煽られたか、窓の鎧戸が一枚開《あ》いていて、その間から藍黒い深夜の空が覗いていた。その空に縦一文字に、そして三つ星がきらきら輝いていた。

「もうオリオンが来た」

俊輔は、また呟いた。そして凹《くぼ》んだ目で、じっとその鮮かな光に見入った。

俊輔は未だ小学校の頃に、兄からこのオリオン星座の三つ星を教えられた。そして、いつとなしに、この星の群を、父母兄妹、親しい友人に次ぐ懐しい物と感ずるようになっていた。毎年三月の頃西空にオリオンが姿を消す時は、俊輔は、それが三つ星の見納めであるような気がした。もう永劫あの空に姿を見《み》せて呉れる時はないような気がした。その当座は夕空を仰いで、淋しく物足らぬ思いに胸を塞がれるのが常だった。しかし見る物聞く物に新しい驚異のある少年は、やがて忘れるともなく、懐しい星を忘れてしまった。そして、銀河の冴え渡る十月頃の夜更《よふけ》、ふと雨戸の隙などから、三つ星が声もなく東天に懸っているのを見出しては、「あ、もう今年もオリオンが来ていた」と叫んで、懐しさの中《うち》にも、今まで忘れていたことを何となくきまり悪くさえ感ずるのであった。

(今年もオリオンが来た、矢張《やっぱ》り同《おんな》じ形《かたち》で）俊輔はもう一度胸の中に繰返して、その一糸乱れぬ美しい星座を眺めた。

(矢張《やっぱ》り同《おんな》じ形だ。いつでも同《おんな》じ形だ。あの三つ星の間隔はいつだって変ったことはない。「何千年経っても人間の眼には変って見えないのだ」と、兄さんは仰有《おつしや》った、人間の世の中は間断《しつきり》無しにかわるのに。僕だって春の時の僕と今の僕とは違う。こうやってひとりぼっちで病院に入って、瘦せっこけて、白い寝台《ベッド》に寝ているんだ）

俊輔の目頭からは熱い涙が流れ出した。（日本だって変った。僕の家《うち》だって始終《しよつちゆう》変っている。この春三つ星が隠れた時分と、今とでは、どんなにか変っただろう）こう自分の家《うち》に心が向いた時、俊輔ははっと物に打たれたように、忙《せわ》しい視線をオリオンに投げた。

「義姉《ねえ》さん！」

俊輔は絞り出《だ》すような声で呟いた。——オリオンを仰げば、直ぐ憶《おも》い出す筈だった義姉《あね》の死が、今不意に俊輔の胸に浮んで来たのだった。

三

義姉《あね》の瑤子《たまこ》が、流行感冒で亡くなったのは、去年の十一月半ばだった。義姉は、俊輔を肉身も及ばぬ位に可愛がって呉れた。それが、僅か一週間ほどで、その長い睫毛《まつげ》が閉じたきりになってしまった時には、俊輔は、生れて初めて運命の残酷なのを悲しみ且《か》つ憤った。義姉が兄に残して行った小さい子供は三人までであった。俊輔には、不憫で堪らぬ甥や姪となった。

俊輔は、四十度を越えた大熱《だいねつ》で、吊台で病院へ送られてから、暫くは、夢現《ゆめうつつ》に義姉に会っていた、少女のように小柄の、あどけない大きな目の、――

「また義姉《ねえ》さんが来て、莞爾《にこにこ》笑っていらした」俊輔が仰向きで目を瞑《つぶ》ったまま、こう言うと、見舞に来た母は、

「まあ、お前そんなことを言うものじゃないよ」と、何故か窘《せ》めるように言った。兄にそう話した時は、兄は無言で、暫くして、ただ「そうか」と言った。

或る時は、今白い吸飲《すいのみ》で薬を飲ませていて呉れるのが、義姉《あね》だと思ったこともあった。瞼を漸う《ようよ》の思いで開《あ》いて、その顔を見ようとすると、昼とも夜ともつかぬ光の中で、紅《あか》い唇《くちびる》と、帽の赤い十字が合ったり離れたりして、どうしても顔が見えなかった。

「さあ、これで、よくお眠《やす》みになれますよ」その人は優しく囁いた。俊輔は心から和《やわら》

いだ心地でうとうとと夢に入《い》った。

その莞爾《にこや》かな義姉は、俊輔の熱が順調に復《かえ》るに連れて、漸次《しだい》に現れなくなった。そして、今オリオン星座の輝きから、憶い浮べられたのは、柔《やわらか》い蒼い暈《くま》を帯びた義姉の顔だった。

青い笠の電燈が疲れたように照している八畳の室《ま》が見える。古い家の天井は暗く、それから長く吊ってある氷嚢の下に、義姉の力ない顔がある。丸い括《くく》れ頤《あご》は、夜具の襟に隠れている。黒髪の流れた下には氷枕が膨んでいる。隙洩《すきも》る風に取り廻した張交《はりまぜ》屏風《びょうぶ》、湯の沸《たぎ》っている瀬戸の大火鉢、壜を幾本も並べた薬盆、――それよりもはっきり見えるのは、畳に転がった酸素吸入用の黒い鉄の筒と、硝子壜《フラスコ》と、それに護謨《ゴム》管を通じて義姉《あね》の口に当っている小さい喇叭《ラッパ》であった。

「生臭いから、厭です！」

義姉《あね》は度々顔を動かして、そのニッケルの吸管を避けようとした。しかし、硝子壜《フラスコ》の水に濾《こ》されてブクブクと沫立《あわだ》つ酸素の気粒は、吐く息吸う息の象徴《シンボル》だった。義姉の生命《いのち》も、周囲《まわり》の人々の希望も、ただこれ一つにかかっていた。――そこには兄もいた。

義姉の母もいた。義姉の姉もいた。俊輔もいた。若い医学士も、看護婦も。皆《みんな》一週間近く続いた恐ろしい心痛と睡眠不足とのために、精も根も抜け果てたような顔をしていた。

義姉は前の日の午後、全く絶望の状態に陥った。それでも皆《みんな》の歔欷《すすりなき》の中で、長い睫毛を交えたまま、乾いた唇から縺《もつ》れる声を励ましてこう言った。

「どうせ助からないのなら召《め》されて行《ゆ》きます。まだ此の世に用があるなら、生《いか》して置いて下さるのです。慌てないで全力《ベスト》を尽して下さい！」

健気なこの言葉に力附いて、人々はまたやっきとなって看護に努め出した。

「運命を私《わたくし》に任せて下さるか」――こう言って、医学士がカルシューム液を、白い腕の薄青い静脈に注射した時、義姉は歯を喰い緊《しば》りながら、遅れて来た枕許の叔父に、必死の声を絞った。

「叔父さん、強いでしょう、褒めて下さい！」

誰も皆《みんな》声を呑んだ。と、二時間後に、急に義姉の顔に、幾日振りかの微笑が現れた、珍しそうに周囲《まわり》の顔を見廻し始めた。皆《みんな》は、余りの意外さに、また他愛もなく涙を零《こぼ》した。義姉は人々の名を呼んだ。「俊ちゃん」とも呼んだ。

「奇蹟が現れますぞ」若い医師は勇んで叫んだ。

しかし、これも運命の予定した翻弄に過ぎなかった。微笑は、一時間で、また苦悩に戻って行った。前よりも不安の夜が遅々として更けて行った。今は青白い暁の色の忍び入るのばかりが誰《たれ》にも待たれた。

十二時、――一時、冷え切った暗い縁側に出て、小さく氷を割る音を立てていた兄は、やがてそっと室《へや》に戻って来て、妻の氷嚢を取り代えてから、耳に口を当てて尋ねた。

「ねえ、一番綺麗な星座は何か覚えているかい？」

「オリオンです」

澄んだ声が答えた。

「おう、よく覚えているね。綺麗な星が今一杯出ているよ。オリオンもね、カペラもね……」

兄の声は途中で消えた。……

×　×　×

「オリオンです」俊輔は譫語《うわごと》のように、呟いた。

ふと、時計が鳴った、二つ、外の廊下で、いつもの音で。俊輔は初めて吾に復《かえ》った。胸の動悸が載せている手を押し上げる位に烈しかった。頭の疲労《つかれ》が一時に感ぜられて来た。見れば三つ星の影はいつの間にか窓の上閾《うわしきい》を辷《すべ》って、第三の星だけが、黒い夜の空に強く煌《きらめ》いていていた。

「義姉《ねえ》さん、……また、明晩……明晩……」

俊輔は呟いた、そして、直ぐ重い瞼を閉じた。──今は輝かな朝の期待も何もなしに、ただ深い眠りを、眠りを求めて。

自殺した少年のこと

その少年は東京の某中学の四年生で、Oと言いました。十八としては小柄な方でしたが、肉付《にくづき》の好《い》い、丸い頬には笑靨《えくぼ》を寄せている子でした。寸の詰《つま》った上衣を着て、いつもズボンの衣兜《かくし》へ両手を突っ込んだまま足を真直に張って、元気よく運動場を歩き廻っていました。そうしては球《ボール》を投げている僕等《ぼくたち》の傍《そば》へ来て、口軽に戯《からか》ったり、寒い時分だと、薄い冬日のあたる湯呑場の板壁に、仲の善《よ》い同志集まっている僕等《ぼくら》の前へ歩いて来て、賑やかな仲間を更に賑やかにしたものでした。

Oは、活動の変り目にはきっと電気館へ行《ゆ》きました、そうしては新しい映画《フィルム》の噂を僕等《ぼくら》に聞かせました。「天馬」と云う画《え》が一《ひと》しきり盛《さか》った頃には、あの広告《ビラ》の写真を一枚一枚丁寧に切り抜いて来て、紙挟みの間から出しては僕等《ぼくら》に見せました。

「あんまり欲しかったからね、この広告《ビラ》のあった近所のお芋屋へ行って、活動がお終《しま》いになっちまったらこれはどうするのと聞いたらね、破るか焼いてしまうかするんだって云ったから、それじゃ呉れ給えって云って、貰って来たんだよ」こう云っては嬉しそうににこにこしていました。

電気館に、もと、桂《かつら》一郎と云う弁士がいました。あの男の真似をこのOは上手でした。日光へ修学旅行に行《い》った時も皆《みんな》で勧めて、汽車の中で、その真似を聞かせて貰いました。「……でごわります」と云っては皆《みんな》を笑わせました。

Oはこんなに快活な少年だったのです。

成績は中位でしたが途中で少し下りました。教場では温順《おとな》しくって、予習もきちんきちんとやって来ました。筆記などは殊に精出してやる方で、僕のノートなどを借りて行っては丁寧に写したりしました。

「来年の二月十七日は僕の命日だよ」――Oがふとこう云い出したのは、なんでも去年の夏休《なつやすみ》が済んだ後のことでした。それからと云うものは会話の間に度々この言葉が挟まるようになりました。そして相変らず陰気とか淋味《さびしみ》などは薬にしたくもない快活な調子で、丸い頬に笑靨《えくぼ》を寄せているのですから、皆《みんな》がその度《たんび》にどっと笑って「それじゃ香奠を持って行って上げるよ」などと云って戯れるのが常のようでした。その中《うち》、二月十七日と云うのは、亡い母の命日だと云うことが分って来ました。

今年になるとこの口癖の言葉が一層繁しくなって来ました。或る日のことです。皆《みんな》して日向《ひなた》ぼっこをしていた時に、ふとOは、どうして死ぬのが一番楽な死方《しにかた》だろうかと尋ね出しました。僕達の多くは、噴火口へ飛込むのが一番好《い》いと戯談《じょうだん》を言いますと、Oは、「汽車も一《ひ》と思いでいいけれど、寝て待っていると恐《こわ》くなって来ると云うから、走って来る所へ急に飛び込まなくちゃ駄目だねえ」とにこにこしながらいいました。

この少年の家の近くから通学していた一人の同級生がありました。元来《もともと》はそれ程親しくもなかったのですけれど、何かの機会《おり》に、

「君の阿母《おっか》さんも二人目なの？」

「そうだよ」

と云う会話が交された後、Oは大層その少年と親しむようになって、いつも一緒に家へ帰りました。

この少年は少年哲学者でした。学校へ来ても皆《みんな》に小生意気と云われるような六《むず》ケし

い問題をよく口にしていました。それで学校や帰り途での二人の話も度々そう云う真面目な題目に触れていたのは自然のことです。Oはその外、腹違いの弟と折合の悪いことなどを嘆息して話したこともあったそうです。

　或る時のことです。Oはふと、その友人に向って、生と死とはどっちが勝っているのだろうと云う質問を発しました。少年哲学者は真面目な態度で、

「それはね、価値のない生は寧ろ死に劣るのさ」と答えました。するとOは、

「そんなこと書いてある哲学の本か何かあるの」と尋ねました。友人はショーペンハウエルの本にあると答えて、翌日それを持って来てまた昨日のように体操場のベンチに並んで腰を掛けながら「生の意志の否定」と云うくだりを読んで聞かせました。それには「自殺は生と云う意志の現象を否定するに過ぎぬ」と云うような文句が書いてあったそうです。

　少年哲学者はなおもそう云う問題に就いて熱心に自分の説を吐きました。Oは黙ってそれを聞いていましたが、その末に、

「どうも有難う」と優しく礼を云って、何か考え込みながら、湯呑場の方へ歩いて行《ゆ》

きました。

二月十四日土曜日のことでした。遊び時間にOは校舎の板壁に映っている自分の影の輪廓を丁寧に鉛筆でえどっていました。「明後々日《ひあさって》は命日だからね」とにこにこした顔で云いながら。

二時間目は英語の時間でしたが、Oは珍しく先生の講義をそっちのけにして、紙挟みの間で何かことこと書き続けていました。

隣りに坐っていた友人が「何をしているの」と尋ねた時、Oは丸い頬にいつもの笑《え》靨《くぼ》を見せながら、

「十七日は命日じゃないか」と云いました。

次の遊び時間にOは、丁寧に筆記してあるノートを、「もう死んじまうのだから要らない」と云って戯談《じょうだん》のように或る友人に渡しました。その友人も笑いながらそれを受取りました。そしてからOは、「今日は早退する」と、近くの席の友達に云って、「十七日は命日だから月曜日は休んで活動を見に行《ゆ》くんだ」とにこにこ笑いました。

荷物を拵《こしら》えて皆《みんな》に別れて行《ゆ》く時にも「火曜は命日だ」と云いました。皆《みんな》はその肩に縋《すが》りながら賑かに笑いました。しかしこの時だけはOは笑いませんでした。

まだ放課時間ではないので近い裏門は開《あ》いていませんでした。で、遠くの正門へ長い道を歩いて行《ゆ》くOの後姿が、暫くは友人達の目にありました。肉付《にくづき》の好い姿はいつものように、足を真直にして歩いて行ったのです。しかし、後から思えば、何となく淋しそうに見えたと言った学生もあります。

日曜は――後の話によると――朝の中《うち》は家《うち》にいて、二階で何か書いていたそうです。十時頃図書館へ行《ゆ》くと云って、和服を着て出て行ったそうです。

或る友人が日比谷図書館でOに会いました。その時Oは生理の書《ほん》を借り出して、大動脈の系統を種々《いろいろ》調べていました。それから「何か面白い本はないかい、笑うような」と尋ねました。友人はドン・キホーテの本を教えました。Oは生理の書《ほん》を返して、その『ドン・キホーテ物語』を借り出して来ました。そして熱心にその半分ほどまで読み耽っていました。面白い所になると、声を立てて笑いました。

昼頃になると、Oは、

「君、お腹が空いた。パンを食べようじゃないか」と云いました。その友人は、「今日はカラだよ」と笑い顔で答えました。するとOは巾着を懐中《ふところ》から出して叩いて見せながら、

「大丈夫だよ、こんなに沢山あるんだもの。一緒に行《ゆ》き給え、ね」と熱心に勧めました。

二人はそれから、あの図書館の食堂のベンチに腰を下《おろ》して、バタ付《つき》のパンが五切載《いっきれ》せてあるのを一皿宛《ひとさらずつ》平げました。そしてから室《しつ》へ戻って行《ゆ》く途中で、Oは、「僕は帰るから、左様《さよう》なら」と挨拶して出て行《ゆ》きました。

友人でOを見た最後の者がこの少年でした。

月曜はどうして一日を暮したか分りません。大方大好きな活動でも見て歩いたことでしょう。家は学校へ行《ゆ》くと云って出かけました。夜は早く床へ入りました。この頃は概して早寝になっていたそうです。

火曜は例の十七日で、亡き母の命日でした。Oは、朝いつも通り学校へ行《ゆ》くと云っ

て家を出ました。昼頃帰って来ました。どうしたのかと家《うち》の者に尋ねられると、「先生がお休みで早退だったの」と答えました。

午後になると、Oは「図書館へ行って来ます」と云って一番好《い》い外出着《よそゆきぎ》を着て出て行《ゆ》きました。

この後《あと》は分《わか》りません。

ただ高輪から来た書置には六時と七時の間の消印がありました。またもう一通の七時と八時の間に出したものには、自分の家《うち》と同じ区の消印がありました。場所は六郷川に近い八幡塚《はちまんづか》でした。汽車は国府津行の終列車でした。学校の帽子は現場より一町も後に落ちていました。

Oはそこまで歩いて行ったのか、電車で行ったのか、分りません。

僕等二人と外の一二の友人へ宛てた書置は、丁寧な楷書で一字一字認《したた》めてありました。

「今般都合により死《し》を仕《つかまつ》り候。此儀に就ては貴兄のお叱り非常の事と存じ申候。……死前《しぜん》に際し友誼の厚からざりしを謝す。尚乙組の諸君にも宜しく。早々敬具」

学校宛で来た厚い遺書は就中《とりわけ》一画も崩れぬ楷書で、文章も立派なものだったと云うことです。それが教場で書いたものらしいのです。

泣いた先生もありました。少年哲学者は澄んだ顔で「死のうとする意志のある以上何も留《とめ》る必要はない」と云って、皆《みんな》の間に一としきり議論を沸騰させました。

修身の先生は、死に就いて論じた末に「Oの死は憎む可《べ》く、その勇気は愛す可《べ》し」というようなことを云いました。

ほどなく来た学年試験には「死の軽んず可《べ》からざる所以《ゆえん》を説け」と云う問題が——噂通り——出ました。

校舎の板壁には未だOの影が薄い輪廓を残しております。

（この翌年《よくとし》、東京に近い或る山中で、マントを草に敷いて自殺した学生を、諸君は記憶していませんか。それが例の少年哲学者だったのです）

海恋い

一

白峯《しらね》山脈の峯々はまだぼんやりと黒ずんで、その谷々には灰色の雲の海がしいんと横《よこた》わっていました。けれども東の嶽の空はもう白みかかっていて、斑らな星影は高山の暁方の寒さにちかちか顫えながら、次第に光を失って来ました。

北嶽《きただけ》の絶頂から程遠くない凹地《くぼち》では、今し方赤い焚火の舌がちらちら動いて、その側で小さい人声が聞え始めました。

「もうお日様の上《あが》んなさるにも間がねえよ。谷の小屋よか三時《みとき》は早かろうでね。だが随分寒《さむ》いでねえか」

こう言った声は広河原《ひろがわら》の小屋の源《げん》十でした。

「叔父さ気の毒だなあ。風邪引くと困るで、俺《おら》の毛布《ケット》も着たらどうかの?」今度のは矢張り樵夫《きこり》の少年の巳之吉《みのきち》の声でした。

「なあによ、今に団飯《むすび》の焼けたのを食えば腹が温《ぬくと》くなるに、まっと燃木《もしき》を燻《く》べて呉《く》んろよ」

火は赤く燃え熾《さか》りました。大きい影と小さい影とが、冷い黒い岩の面で伸びたり縮んだり始めました。

やがて東の空はほんのり赧《あか》らんで来ました。夜明を告げる嶽烏《たけがらす》の声がどこかで聞えました。星影は白ちゃけて、峯々の黒い姿もくっきりと鮮かに、雲の海は牛乳《ミルク》のような白さを帯びて来ました。それを見ると、源十は立ち上って、

「もう直きだよ。待てよ、あれが七面山《めんざん》になるから、海が見えればこの見当かの」

こう言って、遠く怒濤の起臥《おきふし》しているように連なっている山々の間の、低い空を指《ゆびさ》しました。

両人《ふたり》の姿がはっきりして来る時分には峯々は紫ばんで、雲の海の表面《おもて》は温かそうな薔薇《ばら》色に変り始めました。東の空の紅《べに》は見る見る光を加えて来ました。両人《ふたり》は寒さに歯をガチガチ鳴らしながらも、眠不足《ねぶそく》の目を凝らして、海の在処《ありか》らしい方角を見戍《みまも》っていました。

やがて東の嶽の頂《いただき》が眩しいほどに輝いて来たと思う頃、俄にその背後《うしろ》からさっと朝

日の金光が迸《ほとばし》りました。その途端に、

「そら、あれだ！　あの光ってるのが海だよ！」

源十は破鐘声《われがねごえ》で呶鳴《どな》って、再び、先刻《さっき》から見まもっていた低い空を指《ゆびさ》しました。

遠い遠い山間《やまあい》に、金色《こんじき》の縞が一筋《ひとすじ》、直線を曳いて光っているのです。

「あれが海かねえ⁉」巳之吉は思い入った声で叫びました。

「そうとも、あれが海だよ。お日様が上《あが》んなさる時だけああして光って見えるのさ。けれど雲の具合《ぐええ》で見えねえ時の方が多いだよ」

源十はこう言ってから朝日に向ってポンポンと拍手《かしわで》を打ちました。その音は暁の澄み切った山上の空気に心地好《よ》く響きました。

両人《ふたり》の身体はもう真正面《まとも》に日光を浴《あび》ていました。雲の海と、見える限りの山々とはいずれも珊瑚色に輝き、凹《くぼ》み凹《くぼ》みの残雪は白金《プラチナ》のように光っていました。両人《ふたり》の足許《あしもと》には岩石の根に紅《べに》、黄、紫、様々の花が矢張り朝日に向いて美しく目覚めていました。しかし雲の断目《きれめ》から見える深い谷間には、まだ夜のままの紺色が静かに籠《こも》っていました。

「谷はまだあんなに暗《くれ》えよ。けれどもう広河原じゃそちこち起《お》きる時刻だに、これから下《お》りて行きゃ、丁度仕事に間に合うだろうよ」

源十はこう言って巳之吉を見ると、巳之吉はまだ遠い空の果てのもう光の褪《さ》めて来た金の縞をじいっと見詰めていました。唇をきゅっと喰い緊《しば》って、目に涙を一杯溜めて。「そんなにも、まあ、海が見《み》たかったかねえ」源十は嘆息しながら言いました。「無理はねえよ、父《とつ》さが海で亡くなったでね。まあその中《うち》一度は富士川を下りて海を見て来ることだ。俺《おら》もこの年までつくづく海を見《み》たなあ三度しかねえが、あの広うい、それに蒼っ渕《ぷち》見てえな色ばかりはいつまでも忘られねえだ」

「ここからあの海までは何里位あるだね」巳之吉はまだその方から目を離さずに言いました。

「そうさ、先《ま》ず五十里《り》がとこあろうかね」

「姉《ねえ》やの奉公している東京のお屋敷は海っぺりでね、大《でっ》けえ船《ふね》の通るのが見えるんだとよ。俺《おら》あどうかして父《とっ》さみてえに成りてえんだけど……駄目なら船に乗るだけでも可《え》えだ」

「死んだ阿母《おつか》あもお前《めえ》を海軍《けえぐん》にしたがってたがの。けれどお前《めえ》が樵夫《きこり》になったのも運だで仕方がねえよ。人間は何でも諦めが大事《でえじ》だでね。……さ、そろそろ下山《おり》にかかろうでねえか、皆《みんな》に厄介かけても済まねえで」

源十は巳之吉を賺《すか》すようにして先に立ちました。

二

二三日経った夕暮のこと、両人《ふたり》の若い登山者が、案内の猟師と北嶽から下りて来ました。そして広河原の樵夫小屋《きこりごや》に泊りました。川の水で白げて炊いた熱い飯、山独活《やまうど》を実にした熱い味噌汁で、旨そうに夕餐《ゆうげ》を済《すま》してから、両人《ふたり》は炉端で地図を拡げながら、その日の行程や、翌日《あす》信州へ越える路筋《みちすじ》などを元気好く話していましたが、その中《うち》に、色の黒い肥った方の紳士が伸びをして言いました。

「いや、あの北嶽には実に降参した。まるで麦酒壜《ビール》を倒《さか》さに立てたような山でね」

「あれを匐《は》い上る時の君の腰付ったらなかったよ。これが海の勇士の成れの果てとか思うとつくづく涙が零《こぼ》れそうだった」色白の瘦せた紳士は笑いながら言いました。

「他人のことばかり言った義理かよ。それに我輩は陸《おか》へ上った河童同然だ、海でこそ強いけれど」

「旦那は海軍《けえぐん》の方かね？」

こう声を掛けられて肥った紳士が振り返ると、源十が背後《うしろ》に立っていました。

「そうですよ」

「それじゃお願《ねげ》えだが、あの小僧に何か海軍《けえぐん》の話を聞かせてやって呉《く》れめえかね。あれ、あしこで草鞋を拵《こせ》えとる小僧だがね、親父《おやじ》ちうが矢張《やっぱ》し元水兵でね」

紳士は目を丸くして巳之吉の姿を眺めていましたが、

「こんな山奥に海軍に縁のある者がいるなんて実に意外だな。よろしい、呼んで来給え、何か聞かせて上げるから」

源十は円《つぶ》らな眼を活々と光らせて、大声で呼びました。「巳之よう、旦那が海軍《けえぐん》の話をして聞かすとよう、仕事は後にして此処《こけ》へ来《こ》うよ」

こう言うと集《よ》って来たのは巳之吉ばかりではありませんでした。小屋頭の斧右衛門《おのうえもん》を初め、十幾人の樵夫が、髯《ひげ》深いしかし人の好《よ》さ相《そう》な顔を炉の向う縁《べり》に並べました。中でも巳之吉の顔はいかにも晴れやかに輝いていました。みんなの中の炉の火も、パチパチと勇しい音を立てていました。

旅人の話もそれは上手な元気の好《い》いものでした。大方は海を見たことのない山男達の目にも、真白に崩れる大波が浮びました。それを突裂《つつさ》いて走って行《ゆ》く軍艦が見えました。堂々とさし昇る真赤な朝日、甲板を急流の床《とこ》に変える大暴風雨《おおあらし》、鷗、飛魚、鱶《ふか》の群――ことに話が日本海の海戦に移ってからは、聴衆は目を大きく見張って、溜息を幾度も吐《つ》きました。更《ふ》けて行《ゆ》く野呂川の瀬音も、今夜は、舷頭に砕ける荒波の音に聞えたことでしょう。

三

その翌朝、巳之吉は小屋頭の斧右衛門から、「話のお礼だ。あの路の分れる処まで送って上げろよ」と言い付けられて、もう一人の猟師と一行の先に立ちました。

巳之吉はいつもの元気の好《よ》さに似ず、何か考えているらしい、気の重そうな様子でしたが、それでも険しい崖端《がけはな》などにかかると、山袴を穿《は》いた身軽な姿が苦もなく岩角を伝って行って、一同《みんな》を手招《てまね》きしました。

「まるで猿《さる》だね、檣《マスト》へ登るにゃ持って来いだな」などと、肥った海軍士官は友を振返って言いました。

一里ほど行《ゆ》くと路は二叉《ふたまた》に分れました。右から来る細い谷川沿いの路を、案内の猟師は指《ゆびさ》して、「これが信州へ越す峠路《とうげみち》だよ」と言いました。そこで海軍士官は巳之吉に、「大きに有難う。じゃ巳之吉君、ここでお別れだ。主人公にはいずれ後から礼状を上げるから、何分よろしく言って呉れ給え」

こう言いましたが、巳之吉は脣を嚙んで俯いたまま何とも答えないのです。もう一人の紳士は慰め顔に、

「まあ、その中《うち》一度は東京へやって来るさ。この男の軍艦へでも案内して上げよう。そうそう、姉さんとかも東京にいるってね」

すると、巳之吉は、

「旦那！」こう叫ぶと、突然路《いきなりみち》に坐って、両手を突いて、「旦那、お願《ねげ》えだから俺《おら》を東京へ連れてって下さい。俺《おら》はどうしても海軍《けえぐん》へ入《へえ》って父《とっ》さみてえに成りてえ、船乗に成りてえんだからよ」と言いました。

「出し抜けにそんなことを言っても困るじゃないか。第一、君の主人だって迷惑する訳だ」士官は顔を蹙《しか》めました。

「俺《おら》みてえな子供が一人減ったって、叔父さはちっとも困ることはねえだ」と巳之吉は答えました。

「それも理窟だね。何しろ君に責任があるよ。昨夜《ゆうべ》あんなに海軍熱を鼓吹したのだから」側から士官の友人が口を出しました。

「馬鹿あ言っちゃいかん」士官は言ってから、暫く巳之吉を見ていましたが、「君、ちょっと」と友人を側《わき》へ呼んで何か頻りに相談を始めました。その間両人《ふたり》の目は、まだ路に坐っている巳之吉の方へ度々注がれました。

それから士官は巳之吉の側へ戻って来て、その肩を敲《たた》きながら「ねえ君、君の熱心は昨夜《ゆうべ》からの様子でも大分分っているがね、主人に無断で君を連れて行《ゆ》くのは礼に叶っておらんから、これから一応話を附けてその上のことにしようじゃないか」と言いました。

「もし叔父さが許して呉れなかったら……」巳之吉は頼りなさそうな声で言って、士官を見上げました。

「そうしたらどうする？」

「俺《おら》あ生きてても詰《つま》らねえ」巳之吉は呟くように言って目を逸《そ》らせました。そちらには野呂川の激流が雪を湧《わか》し、処々とろりと凄い蒼渕を湛えていました。士官とその友とは無言で目を見交しました。

近くの栂林《つがばやし》から駒鳥の金鈴《きんれい》を振るような声が聞え始めました。

四

半時《はんとき》ほど経《た》つと、彼方《むこう》の山鼻に五六人の人影が現れました。近付くのを見れば、使《つかい》に行《や》った猟師の後に、小屋頭の斧右衛門、源十、それから年嵩の樵夫が二人随《つ》いて来るのでした。

路傍《みちばた》に俯いて立っている巳之吉の姿を見た斧右衛門の目も、源十の目も、恐《こわ》い目付ではありませんでした。源十の目は淋しそうでした。

「お忙《せわ》しい処をわざわざ来て戴いて済みませんでした。実は巳之吉君のことで御相談したいことが出来まして」士官が丁寧に言うと、小屋頭は、

「そのことはあらましこの人に聞きました。それで改めて俺等《わしら》からもお願《ねげ》え申してえと思ってこうやって揃って来ましただが、どうか、巳之吉の願《ねげ》えを叶えてやって呉んなせえますまいかね？」

「ふむ、では君達もその意見なのですな？」

「異存はありましねえだ、この子の出世にも成ることだからね」源十は巳之吉を振り返りながら言いました。

「それにこの小僧、一度思いたつとどこまでも我《が》を通す性分だで、止めたとて止まるものではなしよ……どうか御願《おねげ》えしてえもんで……」

士官はそれを聞くと、熱心を込めたおももちで、

「僕等も巳之吉の堅い決心を見抜いています。それに僕自身が、矢張り或る恩人から引き上げられてこう成ったのだから、他人事とは思えんし、またこの少年を一人前の士官に仕立てるのは、かたがたその恩報じにもなろうと思いましてな」

「この男に任せれば確かなものです。私も及ばずながら力を添えますから」

士官の友人も口を添えました。

「これで纏《まと》まったと言うものだ。巳之よ、こっちへ出て来て、親方に挨拶しねえか」

源十が声をかけますと、巳之吉は初めて前へ出て来て、斧右衛門に、

「叔父さあ永《なげ》えことお世話になりました」と頭を低《さ》げました。斧右衛門は懐《ふところ》から古財布を取り出して、巳之吉の手に渡しながら、

「こりゃ今までの働き賃と、皆《みんな》の餞別が入《へえ》っているで、旦那に預けて置きな。世話あ焼かせずと、確《しっか》り勉強するだぞ」と言いました。

次に、源十は巳之吉に挨拶されて暫く無言でいましたが、

「お前《めえ》、嬉しかろうの。今度来る時にゃ立派に海軍服《けえぐんふく》を着てやって来て呉んろ。俺《おら》あ取る年だが、そればっか楽しみにして長生きするからよ」

と言いました。大粒の涙が日に焦《や》けたその頰を流れ落ちました。

他の樵夫《きこり》達とも別れの言葉が交されました。その一人は、巳之吉に小さい着物の包を渡しました。

「目出度《めでて》え、目出度《めでて》え、俺等《わしら》の小屋から海軍《けえぐん》の士官が出たとなりゃ、どんなに鼻が高《たけ》えか知れねえ。だが、それもお前《めえ》の心がけ一つだによ」

斧右衛門が力を籠《こ》めて言いました。

「……きっと、偉《えれ》え者になって、叔父さん達に会いに来《く》るだ」

巳之吉は、目を輝かせて、熱心に答えました。

「おお、待ってるだぞ！」

「待ってるだぞ！」

樵夫共は質朴な声で、異口同音に叫びました。

やがて巳之吉の一行は谷川に沿いて上《のぼ》り始めました。巳之吉は幾度《いくたび》か振り返っては、腰に提げていた古手拭を振りましたが、ほどなくその姿は栂《つが》の林の蔭に隠れました。斧右衛門や源十達も暫くはそれを見送ってから、連れ立って静かに谷の小屋へ戻って行《ゆ》きました。後には野呂川の瀬音と駒鳥の鳴く音ばかりが聞えていました。

悲しい山椒ノ魚

一

暴風雨の後の美しい朝でした。

体操のK中尉はいつも通り早く出勤して、運動場を見廻りに行《ゆ》きますと、生徒の出入を禁じてある寄宿舎の賄部屋《まかないべや》の裏手に、一群《ひとむれ》の生徒が押し合っているのを発見しました。

そこは直ぐ裏が、中国山脈に続いている高い崖になっていて、十時前後でなければ日も射《さ》さないのですが、炊事用の大きな水槽《みずおけ》が据えてあるので、冬の最中《さなか》でも咽喉《のど》の渇いた生徒達がこっそり入り込んで来たのです。

で、その横着な一群《ひとむれ》を見《み》た中尉は舌打して、つかつかとそこへ入って行《ゆ》きました。

狭い場所で、嵐に捥《も》がれた青桐の葉が、皆《みんな》の靴底に踏み躙《にじ》られて泥に吸い附《つ》いていたり、賄方達《まかないかたたち》が飼っている痩せた鶏がまごまごしたりしていました。

生徒達は重い靴音でそれと気が附くと、「先生だ」「先生だ」と警告の声を伝えて、各自《てんで》に振り返って挙手の礼をしましたが、矢張りそこを動かずに、重《かさな》り合うようにして何か熱心に覗き込んでいました。

「おい、こんな処に集《たか》って何を見とるのかな？　早く出て行《ゆ》かんじゃ困るね」半ば呟きながら中尉も近づいて、生徒達の丸い肩の間から覗いて見ると、水槽《みずおけ》の前に禿頭《はげあたま》の賄頭《まかないがしら》がしゃがみ込んで、頻りに何かやっている最中《さいちゅう》なのです。

「賄方、何をしとるのかい、生徒をこんなに集めて？」

中尉は声をかけながら皆《みんな》を押分けて前へ出ました。

賄頭は初めて振り向いて、

「あ、先生様で。まあ御覧下さえまし、変てこな物がこの槽《おけ》の下へ入《へえ》り込んでいますでね」

中尉は賄方が棒切れで指すのを見ると、なるほど水槽《みずおけ》の下に薄暗い蔭から妙な動物の頭が出ているのです。踏ん附けられたように扁《ひらた》い頭で、その両側に鼠色の小さい粒が二つ附いている、それが目玉らしいのです。

「蝦蟇《がま》にしては扁《ひら》た過ぎるな。ちょっとその棒を貸して呉れんか。俺が追い出してみるから」こう言って中尉は大槽《おおおけ》の下を覗き込みながら横手からぐいぐい棒を突っ込みました。「ほう、大分手応えがあるぞ」などと言いながら。

「先生、食い附きますよ」

「舐められると老爺《おっ》ちゃんみたいな頭にならあ」

周囲《まわり》で生徒達が弥次ったり笑ったりしていました。その間に追々頭数が殖えて来て「よいしょ、よいしょ」などと、前へ割り込みにかかる大きな生徒もありました。

漸《やっ》とのことでその動物の頭はもぞもぞと槽《おけ》の下《した》から迫《せ》り出して来ました。鼠色の小さい粒は矢張り目玉で、扁《ひらた》い頭は質《たち》の悪い腫物《しゅもつ》のような濁った紫色を帯びていました。それにまたぶつぶつが一杯出来ているのです。次には、妙に硬《こわ》ばった、ところどころ皺のある、持主自身も持余《もてあま》していそうな前足が出て来ました。

「ははあ、山椒《さんしょ》ノ魚《うお》だ」眄頭が筒抜けた声で叫ぶと、周囲《まわり》の群《むれ》はわっと前の方へ雪崩れかかって来ました。

「押すじゃあない、押すじゃあない」中尉は立上って大声で制してから、「へえ、これが山椒ノ魚だってね？」

「そうで御座えますよ。丹波路からこの山陰辺の山には時々見かけますで。けれど、こんな大《いか》い奴は俺《わし》も初めてで御座えますよ。三尺たっぷりもありましょうでね。この裏山にゃ池があって、その池の主は大《おお》けい山椒ノ魚だと云うことで御座えますで、ことによるとその主が昨夜《ゆうべ》の荒れで落ちて来たのかも知れませんでね、へえ」

賄頭はいかにも実直に説明して頭の上の黒い山を見上げると、中尉も生徒達もその方を見上げました。山の頂には雨後の秋空が鮮かに懸っていました。

その中《うち》本校の方で始業の喇叭《らっぱ》が高く鳴り出しました。

「さあむこうへ行《ゆ》く、むこうへ行く」中尉は手を振って生徒達を追《お》ってから、「こいつを逃げないように何かの中へ入れて置いて呉れると可《い》いがね。いずれ何とか話があるだろうから」こう言い遺《のこ》して、自分も急ぎ足で本校の方へ戻って行《ゆ》きました。

二

第二時間目の放課には、山椒ノ魚の噂が殆ど学校全部に拡がっていました。その在《あり》処《か》を校舎に続く小使室《べや》と知った生徒達は、直ぐそっちへ押し掛けて来ました。

しかし此室《ここ》も平生《ふだん》生徒《せいと》の出入を禁じてある処で、それに小使が入口の戸を閉め切って了ったので、精々《せいぜい》汚《よご》れた硝子窓《ガラスまど》から伸び上って室内《なか》を覗き込める位なものでした。室内では若い教師が二三人頻りに何か話し合っており、その足許には大盥があって、黒ずんだ疣々《いぼいぼ》の物がじっと横《よこた》わっているのが辛うじて見えました。老人の小使頭は大きな炉の側に腰を下《おろ》して、教師達の方へ薄笑《うすわらい》を見せたり、硝子《ガラス》越《ご》しの生徒達の顔へ白い目を呉れたりしていました。

「あの盥の中のがそうだぜ。見えたい、見えたい！」

「先生、見せて下さあい」

種々《いろいろ》な声が室内《なか》まで聞えました。

喇叭《らっぱ》がまた鳴って教師達が室《へや》から出て行《ゆ》き、生徒達もばらばら散って了《しま》うと、後には小使が渋面《しぶめん》で口をもぐもぐやっていました。

放課時間の度毎《たんび》にこの通りでした。一度校長がずんぐりした姿で入って来て、莞爾《にこにこ》しながら盥を覗き込んだ時には、小使頭は幾度となく指で鈍な動物の頭を突《つつ》いて見せていました。

　正午の三〇分は教員室も山椒の魚の話で持切《もちきり》でした。土地生れの職員が少ない学校だもので、いずれも余程の好奇心を唆られたのです。中尉にもK中尉は何がなし自分が生捕りの当人ででもあるような誇《プライド》を感ずるところから、大きな弁当箱を例になく早く片附けて、皆《みんな》の話に加わっていました。

　皆《みんな》の話はこんな風でした。もっとも話の間には、焦臭《きなくさ》い烟草《たばこ》の烟《けむり》が漲《みなぎ》ったり、九月末の残暑を厭う白扇がひらひら動いたりしていました。

「彼奴《あいつ》、妙な背中をしていますな。肉と皮との間に弛《たる》みがあって、ちょいとこう灘万《なだまん》の焼蒲鉾《やきかまぼこ》の背中みたいですね」

「はっはっは、焼蒲鉾は嬉しいね」

「あの動物は日本だけにしかいないって言いますぜ。私《わたし》の国の津山では、或百姓家の池に三代も前から飼ってあると云うのがいるが、さよう六尺もあるかな、何とか云う動物の博士《はくし》がこれが日本一だと云ったそうですよ」

「六尺！　そんな大きいのがいますかねえ」

「それは事実だろうよ。甲州の山中には馬と草刈娘を一時《どき》に呑《の》んで了《しま》った山椒ノ魚がいるそうだから」

「あっはっはっはっ、大きな話だな。それにしても彼奴《あいつ》の口は随分大きいよ。その癖目玉の小さいことと云ったらどうだい」

「どうです、君、あの目玉を抜いて襟飾《ネクタイ》のピンになすっちゃ。国産奨励ですよ」

「はっは、そりゃ名案だな。待てよ山椒ノ魚を英語《イングリッシュ》で何と云うかな、教場で質問されて、「いずれ調べて来ます」も気が利かない。君、済みませんが、そこの和英をどうぞ」

「山椒ノ魚にはハンザキと云う名もあるそうじゃないか」

「そのハンザキが面白いて。辞海を見たらね、ハンザキは半《なか》ば裂くと書くのでね、半《はん》身《しん》を切取《きりと》って残りを水の中へ入れて置くと自然と肉が出て来て元通りになる。それでハンザキと云うのだそうだ」

「戯談《じようだん》じゃないぜ、化物じゃあるまいし」

「いや、そうかも知れんよ。蜥蜴の尻尾や、蟹の鋏の類は、取れても皆《みんな》新しく生《は》えるのだからね」

羨しいね、人間もそうだと義手や義足は要らない訳だ。佯廃兵《にせはいへい》などに高い薬なんどを押し附けられずに済むて」

こんな話が止途《とめど》もなく続いて、賑かな笑声《わらいごえ》が度々室外へも洩れました。教員室としては珍しいことでした。

三

博物のB教師は校長の許可《ゆるし》を得て例の山椒ノ魚を学校に飼うことになりました。それには、本校と寄宿舎との間に流れている溝の中へ金網を張らすことにして、それが出来上るまでは山椒ノ魚を盥のまま標本室へ入れて置きました。

放課後両人《ふたり》の小使が、大盥を重そうに標本室へ運んで行《ゆ》きました。鍵をちゃらちゃら鳴らしながら随いて来たB氏は、室《しつ》へ入ってから、

「鼠は出やしまいな」と言いました。

「出ねえです。よしんば出たところで反対《あべこべ》にぱくりでさ。この蓋みてえな口で」と小使頭が答えると、皆声《みんな》を合せて笑いました。古い床《ゆか》は軋んで、標本戸棚の中の種々《いろいろ》な物が揺れました。吊ってある本物の骸骨も真鍮の環《かん》の下で手をぶらぶらさせました。

「それに、よしんば噛《かじ》ろうたって、この兵隊靴みたいな皮じゃなかなか歯が立ちませんでしょうね」今度は喇叭《らっぱ》手を勤めている小使が言いました。

「兵隊靴は巧い形容だな」B氏はまた笑って、「何かに使えないものかな、この皮は」

「肉は食べられます」

「ほう食べられるかね。この肉が」B氏が目を丸くして、今更のように醜い暗褐色の動物を見下《お》ろすと、若い小使はしたり顔に説明を始めました。

「山家《やまが》じゃ随分食べるそうで御座えますよ。何でもこいつを生きた儘火で炙《あぶ》ると、じゅうじゅう脂《あぶら》が出る、そこで、皮を引っ剝《ぱ》いで食べるのが旨《うま》いのだそうで、この儘料《りょう》ったのじゃ臭くって食べられたものじゃ御座えますまいよ」

「ちょいと口あたりが好《い》いと云うが、気の弱い者にゃ見ただけで沢山だでね」老人の小使も口を出しました。

その翌朝のことです。博物のB氏が標本室へ入って見ると盥の中の山椒ノ魚が見えません。床《ゆか》の面《めん》には水が零《こぼ》れているばかりか、大きな蛞蝓《なめくじ》でも這い廻ったようなぬめりがあっちこっちに光っていました。喫驚《びっくり》して、眼鏡が床《ゆか》に擦《す》れ擦《す》れになるほど低く屈んでここかしこと見廻して歩くと、一番隅っこの標本戸棚の下に、それが、頭を突《つっ》込《こ》んでじっとしているのを発見しました。

B氏は小使を呼んで山椒ノ魚を元通り盥へ入れさせ、それから教員室へ顔を出すと、数学のN氏が、さも待ちかねていたように側へ来て、

「やあ、お早よう。君、僕は昨夜《ゆうべ》宿直だったがね、まあ聞いて呉れ、こう云うことがあるんだ。何でも九時頃だったよ、便所へ行《ゆ》くので君の室《へや》の横を通ると中で異様の物音がするじゃないか。それで小使の爺さんと提灯を点けて検《しら》べて見たが、格別変りもない。「耳のせいでしょう」と云うから、それにして廊下へ出ようとすると、突如《いきなり》「わっ」と呶鳴《どな》ってあの爺さんが飛上ったね。慴慴物《びくびくもの》で振向いて見るとどうだい！爺さんの足許を、君んとこのお客さんがのさのさ匐《は》いずっているじゃないか。いやもう驚いたの何のって、彼奴《あいつ》昼間《ひるま》は神妙にしているが夜になると素晴しく活動するもの

らしいね。へえ、標本戸棚の下に首を入《い》れて？　そうかい。ちゃんと盥へ戻して在《あ》り合せの物を蓋に載せて置いたのだがねえ」

手真似混りでN氏が話すと、B氏は元より、居合わした人達が皆口をぽかんと開《あ》けて、呆れていました。

四

山椒ノ魚は二日ほどすると溝へ放されました。目の細《こま》い金網で前後を仕切られた中で、じっと底に平《ひら》み附《つい》ていました。裏山から来る澄んだ水が断《た》えずその溝を流れて通りました。

その昼喇叭手の小使は事務室へ呼ばれました。行ってみると会計の老人が笑顔で待っていて、

「お前、今日から山椒ノ魚養育係だ。名誉なものだぞ」こう言って幾何《なにがし》かの銀貨を小使の掌《てのひら》に落しました。

「えへへへ」小使は賤《いや》しい笑いようをして頭を一つ低《さ》げました。それが一週間分の泥鰌《どじょう》代だったのです。

放課時間には生徒達がよく山椒ノ魚を覗きに行《ゆ》きました。空《あき》の時間には教師が二人三人連れ立って覗きに行《ゆ》くこともありました。寄宿舎へ出入りの商人なども、「なるほどおりますね」などと、覗いて行《ゆ》きました。しかし山椒ノ魚はいつも溝の底に沈んだまま身動きもしませんでした。

この秋も催された学術大会の席では、博物のB氏は、「さんしょノ魚に就《つい》て」と云う講演を試みました。水陸両棲類の中の有尾類に属すること、箱根、日光、山城、丹波、美濃、但馬、その他この（西北）地方の山地に産すること、専ら日本の特産で欧米では稀に化石になって現れ、一時太古人類の化石ではないかと云う問題で大議論が沸いたと云うこと、別名をハンザキ、アンコウなどとも呼ぶこと、――この説明の時にはB氏はちょっと眼鏡を教員席のT氏の方へ光らせて、

「国語の先生から伺いましたところでは、ハンザキとは半ば裂くと書くそうで、つまり、半ば切り裂いても切口から肉が生えて元通りの身体が出来るからだそうです。実

に重宝なことで」と言うと、生徒達は拍手喝采しました。またこんな説明もありました。

「山椒ノ魚と云う名の起源は、この動物頗る山椒が好きで度々樹登りをしては山椒の皮を食うためだとも云うし、否《いや》山椒の香《か》がするからだとも云います。もっとも私《わたし》は数日来風邪《ふうじや》で鼻が利きませんから、未だ親しく嗅いでもみませんが」

無論聴衆はどっと笑いました。床に靴を踏み鳴《なら》す者さえありました。そういう反響で大講堂の硝子《ガラス》窓はぴりぴり顫《ふる》えました。生徒の登壇者の中には、「彼等は目あって目なきが如くである。山椒ノ魚の丸薬大の目玉にも若《し》かないのである」と叫んで喝采を博した者もありました。

この間山椒ノ魚は矢張り溝の底にじっと横《よこた》わっていました。その頭の上をば、冷い清水が澄んだ秋空を映《えい》じながら、音もなく流れていました。

五

十月も半ばとなりました。青空の色は日と共に冴えて、昼も薄寒《うそさむ》い風が吹き、遠山《とおやま》の頂にはもう雪が来ました。

この時分には教師も生徒も次第に山椒ノ魚を忘れかけていました。追々誰も覗きに行《ゆ》かぬようになりました。教員室でも生徒仲間でも山椒ノ魚を話題に上《のぼ》すことがないようになりました。目の小さい口の大きい或る生徒は、「おい山椒ノ魚」と呼ばれる度毎《たんび》に真赤になって友人を追い廻したものですが、この頃では小さい目を白く光らすだけになりました。

ただ或る時頤髯《あごひげ》の濃い教頭が、参観に来た他校《よそ》の校長を寄宿舎へ案内する途中で、この溝の側に立って、中を指《ゆびさ》したり高い裏山を指《ゆびさ》したりしていたことがありました。その校長はフロックコートの腰に両手を組んでかなり永い間溝を覗き込んでいました。

やがて修学旅行の季節《シーズン》が来ました。全校の生徒は二手《ふたて》に分れ、教師の附添いで沢山の烟《けむ》っぽい隧道《トンネル》を潜《くぐ》って関西地方へ向いました。

旅行隊が黒い疲れた顔で帰って来て、初めて授業に取りかかった日の朝です。博物のB氏が教員室にいると、曳戸《ひきど》が開《あ》いて例の喇叭手の小使が入って来ました。そして

直立したまま暫くもじもじしていましたが、

「先生、申訳ないことを致しました。お留守中に山椒ノ魚が逃げて了《しま》いまして」と言《い》出しました。

「逃げた？　どうして？」B氏は眼鏡越しに小使の顔を見ました。が、その目は「逃げた」と云うことだけにしか興味を持っていぬらしい無神経な目でした。

「二《に》三日《さんにち》前ひどい雨が降りました時に、金網が流れまして。……どうも相済みませんで」

「監督不行届だね」側で新聞を拡げていた漢文の教師は、口尻を曲げながら言いました。他の人達は別にその話に耳を貸そうでもなく各自《てんで》の仕事を続けていました。K中尉もその一人でした。

「仕方がないさ。また、落ちて来るだろうよ」B氏は欠伸を噛み殺したような声で言って、むこうへ歩き出しました。

忠実な小使は今度は事務室へこの報告に出かけました。会計の老人は、

「左様、もういいだろうからね」と要領を得ないことを呟いてから、相変らず算盤を

弾き続けました。小使は無言で辞儀をして出て行《ゆ》きました。

六

が、一週間ほど経つと、忠実な小使が会計の老人の前へ呼び附けられました。側には博物の教師が立って片足で貧乏揺《ゆす》りをやっていました。老人は難しい顔附で、「お前、山椒ノ魚を食って了《しま》ったろう？　お前の近所から来る生徒さん達の噂だし、小使頭も一緒に食ったと、今ここで白状したばかりだ。真直《まっすぐ》に言って了《しま》いなさい」ときめつけました。小使は心持ち蒼い顔をして立縮《たちすく》んだようになっていたが、やがて、「悪う御座えました」と言って頭を丁寧に低《さ》げました。

「矢張《やっぱり》食ったのだな、彼奴《あいつ》を」Ｂ氏はおかしさを無理に抑えているらしい目で小使の恐《おそれ》入ってる横顔を見ましたが、その目をわきへ移すと、相好を崩している幾《いく》つかの顔に打衝《ぶつか》ったので、危《あぶな》くぷっと噴飯《ふきだ》しそうになりました。

「旨《うま》かったかい？」隅の方から教務係が声をかけました。「へへ」と小使がそっちへ

向おうとすると、

「いずれ何とか沙汰をするから、それまで謹慎しているがいい。あっちへおいで」と会計の老人が厳《いかめ》しく申渡しました。小使が出て行った後、皆《みんな》は声を合せて笑いました。

「謹慎していろは蓋《けだ》し傑作だったね」一人が言うと、「少し油断をしているとあれです。もっとも一度山椒ノ魚の味を知ると忘れられませんでな」と会計はにやにやして言いました。

「これは驚いた。老人も矢張《やっぱり》その皮のままじゅうじゅう炙《や》いた方だね。それじゃ勿体振って叱れた義理じゃないや。けれどあいつ、あの兵隊靴みたいな皮をどう始末しやがったろう」B氏はこう言ってまた皆《みんな》を笑わせました。


二三日経つと喇叭手の小使は免職されました。会計の老人は教員室へ来てこう報告しました。

「どうも喇叭の吹ける小使の代りと云うと一寸《ちょっと》見附《みつか》りませんが、あいつ山椒ノ魚を食った許《ばか》りか、山椒ノ魚の上前《うわまえ》まで刎《は》ねて、始《はじめ》の中は泥鰌を盗む、終《しまい》には泥鰌代を窃《くす》ねたのですから、どうも許しては置けませんでね」

「つまり官金費消かね」Ｂ中尉は擽《くすぐ》ったいような顔で、側から口を出しました。

金時計

一

麗《うら》かな春の日の午後、宗吉《そうきち》は学校の帰りに静かな屋敷町の往来で、父が商売物の下駄直しをやっているのに出逢いました。

「おお今帰りか?」

父は片蔭《かたかげ》に腰を下《おろ》して、せっせと仕事の手を進めながら、優しく声を掛けました。

「お父《とっ》つぁん、今日は作文が甲上だよ」

「そりゃ豪儀だ、晩にまた読んで聞かせて貰おうかね」

「今日のはね『金時計と銀時計と何《いず》れを選ぶか』って題なんだよ」

「あッはッは、先生も夢みてえなことを書かせなさる」

宗吉の父は人の好《よ》さそうな細い目を、更に細くして笑いました。

宗吉は真顔で、

「私《あたい》はこう書いたんだよ、銀時計の方を貰うって。時計は丈夫で時間さえ正確であれば銀だって構わない。金時計なんか持っているといつ掏《す》られるかと、悄々《びくびく》してなきゃならないし、それから全然《まるで》他人《ひと》の物みたいに、丁寧に出したり入れたり、電車の中なんかじゃみなくてもいいのにわざわざ出して見たりする」

「まさか。お前《めえ》みたいに言っちまった日にゃ、お医者様初め金時計を持ってる人は皆《みんな》見得坊になってしまう。十把《じっぱ》一摑《ひとから》げだ。あッはッは」

父はまた笑いましたが、そのうち急に声を落して、

「宗吉、隣りの羅宇屋《らうや》の爺さんが到頭店立《たなだ》てを喰ったよ、今朝がた」と、言いました。

「店立て？　じゃ逐《お》ん出されたんだね！　酷いな、大家さんは！」

「もっとも九ヶ月も家賃を溜めたのだからな」

父は、下駄の歯に糊を附けながら、言いました。

「でも、お婆さんがあんなに永く寝たっきりなんだから可哀《かあい》そうだ、お婆さんも店立て？」

「そうともさ、爺さんが背負《しょ》って出て行ったよ。……皆《みんな》で些少《ちっと》ばかり餞別を集めてやったが、あの大病人《たいびょうにん》を背負ってるのじゃ、一寸泊《ちょっと》めてくれるところもあるまいね」

宗吉は父の荷に片手を掛けながら、貧苦に窶《やつ》れ果てた羅宇屋《らうや》のお爺さんと、煎餅《せんべい》蒲団の上に寝たきり立つことの出来ないお婆さんの姿を、ぼんやり思い浮べていました。鶯《うぐいす》がどこかの塀内《へいうち》で静かに鳴きましたが、ろくろく宗吉の耳に入りませんでした。

「しかしな、渡る世間に鬼はないよ、俺達もそう言ってあの両人《ふたり》を送り出してやったのさ……さあお前《めえ》も帰《けえ》んな、お父《とつ》つぁんも今日は早仕舞《はやじめえ》にするからな」

父にこう促されて宗吉もその気になり、家の方へ歩き出しました。途々《みちみち》も薄命な両人《ふたり》の行末を思いやりながら。

屋敷町を大通りの方へ曲る時、後の方で「たんたん、たたん」と鼓の音が聞えました。父が荷を担いで歩き出したのでしょう。

二

その晩遅く宗吉は母が継《つな》いだ麻糸を持って、いつもの問屋まで行《ゆ》きました。先方で案外手間が取れたので、帰って来る途中で十一時の鳴るのを聞きました。

しかし暖い朧夜《おぼろよ》で、大通りには未だぼつぼつ人影が見え、明るい店先からは蓄音機が聞えていたりして、頬を撫でる微風《そよかぜ》にも折々花の香が混って来ました。

「春の晩て好《い》いもんだなあ」

宗吉はこんなことを呟きながら、馴れた近路《ちかみち》を急ぎ足で歩いていました。

それでも羅宇屋《らうや》のお爺さんお婆さんのことが胸に浮んで来ると、急に淋しくなって「今時分どこにいるだろう？　夜になるとお婆さんはいつでも、ごほんごほん咳してたけど」などと思っては、つい足の方がお留守になってしまい、けれどまた「渡る世間に鬼はないよ」と言った父の言葉で気を引き立てながらとっとと歩いて行《ゆ》きました。

電車路から別れて小さい橋を渡ろうとする時でした。宗吉がふと見ると、橋の袂の巡査派出所の前に七八人人集《ひとだか》りがしています。何心《なにごころ》なくその側に行って、皆《みんな》の間から覗き込むと、赤い電燈の光でよくは見ないけれど、お巡査《まわり》さんの前に、汚ない筒袖《つつっぽ》を着たよぼよぼのお爺さんが、兵児帯《へこおび》で人を一人背負《しょ》って、何か頻りに嘆願している様子なのです。背負《しょわ》れているのも確かに大人らしくて、足がだらんと地面《じべた》に届きそうになっていました。

宗吉は早呑込みに「身投げでもしたんだ」と思いながら、なお気味《きみ》悪々《わるわる》覗いていると、急に背中の大人が身体を動かして、ごほごほと咳《せ》きました。

「ああ羅宇《らう》屋《や》のお婆さんだ！」

宗吉は思わず大声で叫びました。

それを聞くと、お巡査《まわり》さん初め周囲《まわり》の人達は一斉に宗吉の方を見ました。

そのお爺さんも宗吉を見ると、力のない声で、

「おうお前、宗坊だったかえ？」

と、言いました。それが羅宇《らう》屋《や》のお爺さんなのです。

宗吉は皆《みんな》に見られて眼をぱちぱちさせていると、お巡査《まわり》さんがこう訊ねかけました。

「何か？　お前、この老人達を知っておるのか？」

「ええ知ってます、このお爺さんは僕のところの近所にいた羅宇《らう》屋《や》のお爺さんです」

宗吉は、はっきり答えました。

それからお巡査《まわり》さんは宗吉の住所姓名を尋ね、一々手帳へ認《したた》めてから、お爺さんお婆さんが借家を逐《お》い出されたのは真実かと訊いたので、宗吉は二人には気の毒だとは

思いながらも、父と母とに聞いた話を残らず話しました。

「本当に可哀《かあい》そうなんです。お婆さんは寝てから半年もたつんです、お爺さんは足を悪くしてあんまり仕事に出られないんです。お医者さんも……ちっとも来てくれないんです」

　こう言って畢《しま》うと胸が迫って来て、宗吉は筒袖《つつっぽ》で目を擦りました。

　人々はひそひそ囁き合いました。お巡査《まわり》さんは黙って立っていましたが、やがて半《なか》ば呟くように、

「それでお前の言ったことが真実《ほんと》とは分ったが、今夜はもう遅いし、……では俺《わし》が話して上げるから、その、お前等を断ったと言う木賃宿へもう一度行って泊るのだな、養育院はまあ明日のことにして」

　こう言って、サーベルをがちゃりと鳴《なら》しました。

　それで羅宇屋《らうや》のお爺さんが漸《ようよ》う腰を屈《かが》めてお辞儀をすると、その途端に周囲《まわり》の人集《ひとだか》りの中から、風体《みなり》の賤しくないでっぷり肥った紳士が一人《ひとり》前へ出て来て、こう口を開きました。

「失礼ですが警官、こうしては下さらんでしょうか？　なるほど養育院で保護するのも結構ですが、私《わたし》は青山二丁目に長家《ながや》を四五軒有《も》っている者で、そのうちの一軒が永《なが》く空いておりますから、一つ其家《そこ》へこの老夫婦を入れて世話してみたいと思うのですが。お爺さん、心配せんでもいいよ、その位の病気は私《わたし》が掛《かか》り付けの医者に診《み》せてきっと癒して上げる。その上で家《うち》の留守番でもしていてくれりゃよいのだから」

紳士は途中からお爺さんにむかって凛《りん》とした、しかし優し味《み》の籠《こも》った声でこう言いました。

お爺さんは鼻を啜《すす》り啜り黙って頭ばかり下げて、もう少しでへたへたと膝を地面に突きそうになりました。お巡査《まわり》さんは急いでその腕を持って引き立ててやりながら、

「それは有難いお考えです、ではどうぞそうしてやって下さい。お前方も実に幸福者《しあわせもの》だ」

こう言った声は感激に満ちていました。

周囲《まわり》の人達も黙っていました。皆《みんな》何か考えているようでした。中《なか》に宗吉の眼はとうに曇って幾度拭いても、直ぐ電燈の灯《ひ》がぼんやり滲んで見えました。

渡る世間に鬼はない！　父の言葉がまた、思い出されて、せめてその情深い紳士の顔を見覚えて帰って、父母初め長家《ながや》の皆《みんな》を悦《よろこ》してやろうと思いました。しかし赤い電燈では、紳士の丸々と肥った髯のある輪廓ばかりしか判然《はっきり》分りませんでした。その中《うち》電車がごうと側を走って行《ゆ》く音を聞くと、紳士は、

「や、遅々《ぐずぐず》していると電車がなくなってしまう、しかし未だ青電車は来《こ》ないでしょうな」

こう言いながら帯の間から時計を取り出して赤い電燈の下でパチリと開いて見ました。燦爛《さんらん》たるその光！　正《まさ》しく金時計でした。

宗吉は、溢るるばかりの満足と、皆に報告する得意さとに、いそいそと、春の夜更《よふけ》の町を帰って行《ゆ》きました。その途中で宗吉はこう独語しました。

「金時計だって持つ人によるんだ、あのピカッと光った時にゃ、何て立派に見えたんだろう！　そうだ、明日学校へ行ったら、先生にこのお話をしてみようや」

猿に変った少年の話

私《わたし》が暫く教員を勤めていた小学校というのは、甲州のそれは辺鄙《へんぴ》な山また山の中にありました。（と、こう或る人が話し始めました）直ぐ川むこうの絶壁へは、秋になると猿が何百匹《ぴき》も群《むれ》をなして来るようなところでしたもの。

村の戸数は三十軒ほどで多くは樵夫《きこり》や漁師でしたが、川縁に湯宿が二軒あって、夏場にはわざわざ三里の険しい峠を草鞋《わらじ》を穿《は》いたり人に負《おぶ》さったりして来《く》る湯治客が随分あって、それで生活している者もあり、村には余程の金が落ちました。

そんなところで小学校もたった二教場で充分でした。つまり一教場に二級ずつ置いてあるのです。校長と奥さんとは学校の中に住んでいて、奥さんが小使の役も勤めれば夜は村の娘達に針仕事も教えるというふうでした。

この校長は私《わたし》より半年程前に来たので、引継ぎの時に前の校長から野守《のもり》の孤児《みなしご》を託されました。野守《のもり》といってもお分りにならんでしょうが、これはその国の田舎では乞食同様に卑しめられていた種族の名です。この野守《のもり》の子を、前の校長は情深い人だったと見えて、家の用を足させながらかたがた学校へも出してやっていたのです。ところがやはり普通《なみ》の子供とは違って、学問はさっぱり出来ない上にひどい吃音《どもり》でした。それに、他《ほか》の生徒や村の者達が寄ると触ると「野守《のもり》の餓鬼、野守《のもり》の餓鬼」といって酷い目に逢わせたのです。

この少年にただ一つの取柄《とりえ》は、山登りや木登りが人間業とは思われぬ位に達者なことで、これがまた、暇さえあれば近くの高い山々を廻り歩いて珍しい植物を採集するのを楽しみとしていた前の校長にとっては、調法この上なしだったのです。で「松吉《まつきち》、松吉」といっては可愛《かあい》がっておりました。

ところが急に或る事情からこの校長は遠くへ転任することとなり、またどうしても例の少年を連れて行《ゆ》けぬ事情もあったので、自分と師弟の関係のあった後《あと》の校長に「不憫な者だから目をかけて使ってやってくれ」と頼んで行ったのです。

新校長も善い人だったので快く引受けましたが、今度の奥さんは世間並の人で、野《の》守《もり》の子を人並に扱うことがどうしても我慢出来なかったと見えて、漸次《だんだん》に少年につらく当るようになりました。それで少年は私《わたし》が赴任する二月ほど前にふいと見えなくなってしまったのです。校長は前の校長に義理が立たぬと切ながる。妻君も表面《うわべ》だけは旦那さんと同感なような顔をしていましたが、内心では結句《けつく》厄介払いをしてしまったと悦《よろこ》ぶし、また、村の者も「これからは俺の家《うち》の子も気持好く学校へやれる」といって喜んだという話です。

その後へ私《わたし》が人夫に行李を担《かつ》がせ峠を越して赴任しました。行《ゆ》くと間もなく七月の学期試験となり、夏休《なつやすみ》が来てしまいました。

休暇に入って一週間経った頃と思います。遊びがてら学校へ行って見ますと、校長は校舎の方にいる大工を指図しながらそこここと修繕させておりました。そして私《わたし》がぶらりと入って来たのを見て、むこうから声をかけて、

「君、ちょいと来て見なさい。妙な物があるから」といいました。

で行って見ると、丁度奥の教場の床板を一枚剝《は》ったところで、指されるままに縁の下を覗いて見ると、莚《むしろ》が一枚に飯櫃《めしびつ》や麦酒《ビール》壜などが置いてあり、ほかに甜瓜《まくわうり》や玉蜀黍《とうもろこし》などの喰い散《ちら》しが捨ててあるのです。

「乞食でも住んでいたそうですな」といいますと「今まで毎晩見廻りながら気が付かなかったというのは実に迂闊だったよ。床下へ火でも持ち込まれたら取返しも付かんことも起るからね。それにこの瓜《うり》の未だ新しいところを見ると、昨夜《ゆうべ》あたりもここに寝ておったものらしい。二三日の中に是非引捕《ひっつかま》えてやりたいものだ」と校長は腕を撫《さす》っていいました。

それから私《わたし》も二晩三晩見張りに行《ゆ》きましたが、変ったこともありませんでした。ただ校長の奥さんは女だけに気味悪がって、夜もおちおち眠られないと不平《こぼ》しておりました。そして、

「あの飯櫃は通りの荒物屋で一月も前に盗まれた物だそうですよ。それから源《げん》七爺さんは、半月も前、夜遅く学校の裏手に妙な恰好の人間が立ってるのを見たっていうのですよ。私《あたし》薄気味が悪くって」と肩を縮《すぼ》めて見せたりしました。

ところが五日ほど経った或る朝のこと――何でも好《い》い天気の朝でしたが、校長さんが待っているからという口上を、近所の子供が伝えて来ました。

早速出て行って見ると、奥さんが、

「源七爺さんが来て床下から長竿を突込んだところがそれを取られてしまって、今潜り込んで行《ゆ》きましたよ」というのです。私《わたし》が校舎の方へ行《ゆ》くと、そこには校長初め近所の者に子供も混《まじ》って七八人縁の下を覗き込んでは、「爺さん気を付けなよ」とか、「どうだ手を貸そうかい」などといっていました。

校長の話では、今朝方そっと様子を覗きに来て見たら、床下から鼾《いびき》の声が聞えたのだそうです。

そのうち床下で、

「野郎、さあ踏ん捕《づら》めえたぞう。皆《みんな》、足い捉《つか》めえたから引っ張り出すだ。気い付けて呉んろ」という声が聞えて、爺さんが後退《あとずさ》りをしながらもぞもぞ這い出て来ました。次いで、その節くれ立った太い腕に摑まれて真黒な細い足が現われ、遂には垢と土だらけの子供の乞食が曳き出されて、足を投げ出したまま白い上目づかいをして周囲《まわり》の顔をじろじろ見廻しました。

まあその乞食の汚ならしさといったらお話も出来ないほどなのです。襤褸《ぼろ》襤褸の着物の拡《はだ》けたところから見《み》える胸は、垢で黒光りがしていて、髪の毛は耳まで冠《かぶ》さっていて、目の周囲《まわり》や鼻の周囲《まわり》は殊に、垢と土とで隈取《くまど》ったようになって、白目の光をなお余計光らせたのです。

「手前《てめえ》はいつからあの床下へ入《へえ》ってたんだ！」

こういって源七爺さんや他の者が責め立てても、唖黙《おし》り込んだままやっぱりじ、い、ろじ、ろ周囲《まわり》を見ていました。奥さんや小さい子供達は気味悪がって後へ退《さが》りました。

実際、どれに飛び付いて咽喉笛《のどぶえ》を喰い切ろうかと、人を選んでいるような目付なのですもの。すると、

「野守《のもり》の餓鬼のようじゃねえかい」不意に集《たか》っていた人達の中にこういった者がありました。

「そうだ、松公だ！」と前の方にいた子供が応じました。

と、皆《みんな》が前へ押し出して来てつくづくと乞食の顔を見てから「違《ちげ》えねえ、違《ちげ》えねえ！」と口々に叫びました。

しかし乞食はその騒々しさも聞えないような顔で、相変らずじ、い、ろじ、ろ皆《みんな》の顔を見比べていました。

「お前どこへ逃げておったのか。私《わし》になんの不足があって逃げたのか」と校長が一足近寄って話しかけようとすると、奥さんが後からその袂を引張りました。

そこへなお追々人が集まって来て、なかには浴衣姿の湯治客も混っていました。終《しまい》に白服の巡査が来てサーベルを閂《かんぬき》のように腰《こし》にあてて、校長とひそひそ話していましたが、やがて乞食の側へ寄って、

「おい、俺《わし》と一緒に行《ゆ》くのじゃ。悪いようにはせんで、安心して随《つ》いて来い」といいました。

そして皆《みんな》にぞろぞろ続かれながら、巡査は遅れがちの乞食の肩を、手袋を穿《は》めた食指《ひとさしゆび》で突き突き、やがて村の短い往来を離れて谷川縁《べり》の路を南へ下りて行《ゆ》きました。間を隔《おい》て十二三人の弥次馬が後に随《つ》いて行《ゆ》きました。

私《わたし》も校長と一緒に村の出口まで行って見ました、便りもない野守《のもり》の子の行末を思いやりながら。

すると二三町行った時分に、乞食は急に飛鳥の如く身を躍らせて左の谷川へ飛び込みました。

「うぬ！」と叫んで手を伸《のば》した巡査の手には襤褸衣《ぼろきもの》が残っただけで、乞食はもう目の下の青渕の中へ入っていたのです。

「そら身投げだ！」といって、足を止めていた者——私達《わたし》も一緒になって、そっちへ駆け出して行きました。そしてそこの岸から見下《おろ》すと、乞食は青渕の渦巻を泳ぎ抜け雪を湧かしているような中流へ出てどっと押し流す白波に乗って、向う岸の大石に泳ぎ着き、その上に飛び上ると見る間に、たちまち断《き》り立った崖を伝い、鬱蒼と生い茂っている樹《こ》の間《ま》を潜《くぐ》って、上へ上へと登って行《ゆ》くのでした。

猿が毎朝来るといったのもその崖の辺の話で、樵夫《きこり》さえ行ったことのない場所ですのに、野守《のもり》の子はどこまでも攀《よ》じ上《のぼ》って行った果《はて》に、とうとう姿を隠してしまいました。

「まるで猿《えて》だな」と帰る途々《みちみち》皆《みんな》がいい合いました。

「本当に猿《さる》のようだった」と私《わたし》も思いました。ただ絶壁を伝って行った身軽さのためばかりでなく、あの垢と土とに塗《まみ》れた真黒な身体付《からだつき》から目付まで、どこか人間離れがしていたのですもの。

が、一体どうなったのでしょう。校長を初め村の人達も初めのうちは時々噂もしていましたが、そのうちには全然《すっかり》忘れたようになってしまいました。ただ私《わたし》の胸にはいつまでもそれが残って、彼方《むこう》の絶壁を見る度《たんび》に、樹《こ》の間《ま》を縫うて見えつ隠れつしていた猿のような姿が憶《おも》い出されました。且《かつ》、その絶壁からむこうは恐ろしい深山幽谷で、迷い込んだが最後、熊の餌食となるか、餓死するのが当り前だという話なんです。

秋になると湯治客もげっそり減り、落葉が高い山の上から雨のように降って来て、猿が毎朝来てはききと啼《な》きました。冬になると雪が深く屋根を圧して、熊が度々近所でも捕《と》れました。

が、翌年の春四月頃でした。或る暖い一日《じつ》、私《わたし》は五六人の生徒と二里ほど上流にある魚止《うおどめ》の滝で一日遊び暮しましたが、その帰途《かえりみち》で、むこう岸の平《ひらた》い岩の上に黒い、猿とも人とも付かぬ物が、頻《しきり》と渕を覗いているのに目が着きました。

子供達が石を投げると、その物はぱっと駆け出して、直ぐ後の樹《こ》の間《ま》へ隠れましたが、どうもその様子は野守《のもり》の子のようでした。「松公だ、松公が猿《えて》になったんだ」と子供も口々に叫びました。

「松吉が猿になったとよ」という噂はたちまち村中に拡《ひろま》りました。次《つい》でむこうの絶壁へ来る猿の群に時々松吉の姿が見えるということも信ぜられて来ました。一二年経つうちにはもう誰《たれ》もそれを否《いな》む者はなくなって来ました。秋の暮など猿が村に仇《あだ》をしに来ると、村人は舌打をして、「松吉の猿《えて》め、また恨《うらみ》を復《かえ》しに来やあがった」といいました。

今でもきっとそうでしょうよ。

馬鹿な信仰とお思いでしょうが、深山の生活をしていると、そういうことも信ぜずにはいられないような不思議なことに度々出会うのですよ。またそうでないとは誰《たれ》が言えましょうか。

職工の子

一

「岸村、もう時間だよ」

片手に鍵をチャラチャラと振下《ぶらさ》げた当直の若い教師は、その附属図書室の扉口《とぐち》から内部《なか》を覗き込んで叫んだ。

まもなく廊下へ現れたのは、粗末な紺飛白《こんがすり》に組長の赤い袖章《そでしよう》を附け、短い小倉の袴を穿《は》いた十二三の少年で、目も利発そうに大きく、頬も丸々としているが、どことなく淋し気な面貌《おもだち》だった。

教師は扉《ドア》に鍵を差し込みながら「そう、毎日勉強しているのも善悪《よしあし》だよ。中学へ入るまでにゃ大分間があるし、君だけの成績なら何もそう根《こん》を詰めて行《や》ることもないさ」

次いで教師はその少年と、西日の射《さ》す廊下を歩いて行った。

階段のある場所まで来ると、少年は正しく一礼して、運動場を門の方へ突切って行った。

当直教師がその姿を見送るともなく廊下に佇《たたず》んでいると、背後《うしろ》の教室から、「図書室も毎日一人許り残っているんじゃ、当直の方も厄介で御座いますねえ」と言う声が聞えた。

教師が振向くと、古い鳥打の上から頰冠《ほおかぶり》をした老人《としより》の小使が、采配を持って硝子窓から顔を出していた。

「けれど、あの生徒はそりゃ勉強家だよ。校長さん初め舌を巻いているのでね」と教師は答えた。

「小使部屋なんかに来て口を利く塩梅《あんばい》なぞは、到底《とても》十一二の子供とは思えませんですよ。こう老成《ませ》たところがありましてね」

「ふむ、そう云うところがあるよ。つまり家庭が然《しか》らしめているらしいて。何でも受持の小森君の話では、あの子の家と云うのは頗《すこぶ》る面倒なんだそうだ。爺さん婆さんのところへあれの父母が夫婦養子に来て、途中で母親が変る。父が台湾とかで死ぬ。今、一緒にいるのはその爺さんと、継母と、嫂《あによめ》とかだと言ったよ。兄はやはり台湾とか朝鮮とかに永いこと、出張しているそうでね」

「へへえ」小使は室内《なか》で采配の音をさせながら、

「すると……家中《うちじゆう》血の続き合ってる者がねえと云う勘定ですね」

「そうだ、そうなる訳だね。ところでその爺さんなる者が頗るの分らずやで、いつかあの生徒の将来のことで呼び出したところ、一向話が通じない上に、あの親爺は職工だったから、あれも職工で一生を畢《おわ》れば沢山だ。それともどこかで学資を出してくれるところでもありますかなんて言ったそうだ」

「まあ一理窟《ひとりくつ》はありますね」

「けれどあの学生が成績でも悪けりゃ格別、素晴《すば》しい成績だからね。それに小森君がじかに本人から聞いたところでは、父というのは腕は確かだったが、学問がないばかりに後から随《つ》いて来た連中にぐんぐん抜かれてしまったのが心外だと言ってね、あの宗吉って子供だけは是非大学まで行《や》らせたいと言っていたのだそうだ。それが……」

「台湾で死んだと言うんですね」小使は話を受取って「つまり親の遺言通りにしようって言うのでさ。大ていそう云うのは豪儀な者になりますね。しかし皆他人の寄り集りじゃ、どんなに辛いでしょうね」

　そう言って小使は烈しくばたばたやり出した。土臭い埃《ほこり》がぱっと廊下へ漲《みなぎ》り出た。

「ぺっ、ぺっ、こりゃ堪らん」教師は廊下をガタゴト言わせて、当直室の方へ走って行った。

二

　もう豆腐屋の喇叭《らっぱ》が聞えて人足も何となく忙《せわ》しい夕暮を、宗吉は俯目《ふしめ》になって歩いていた。

　袷《あわせ》を着《き》ている肩の辺《へん》もしょんぼりしているし、時折、俥《くるま》に何か声を掛けられてその駆け抜ける姿を見送る目にも、何か不安を含んでいた。

　宗吉の家庭は若い訓導が小使と立話をしていた通りである。兄は貧しい官吏で永く朝鮮に出張している。その留守の小さい家に七十に届く祖父《じじ》と継母と嫂と宗吉と、少しも血の続き合いのない連中が四人集まっている。そして祖父《じじ》と継母とが毎日のように口喧嘩をする。嫂はまたその間に挟《はさま》って火の手を煽り立てていた。

宗吉の学費は祖父が毎月《まいげつ》入る十円足らずの恩給の中から払っている。それも渋々ながらで、「職工の子は職工になればいいがな。なまじか学問のある人間は使い難《にく》うてならんとよ」と、溢《こぼ》すのが毎度のようであった。この頃身体《からだ》がめっきり弱ってからは、この出し吝《おし》みと口喧嘩とが、なお激しくなって来ていた。

宗吉は毎日放課後図書館で日を暮した。それも決して勉強許りが目的ではなかった。他の学生達のように一分でも早く家《うち》へ駆けて帰って鞄を投《ほう》り出して鼻を鳴《なら》して甘えかかる母の情《なさけ》を知らない許りか、家《うち》へ帰って浅ましい喧嘩口論を聞いているのが、厭で堪らなかったので、一分でも一秒でも帰る時間を延《のば》すために、この暮から毎日図書室に残るように定《き》めたのである。で、四時が鳴って当直の教師が図書室を閉めに来る廊下の跫音と鍵の音を聞くと、毎度ながら子供に似合わぬ溜息を吐いた。そして進まぬ足を四五丁ある江戸川縁《べり》の家へ向けるのであった。

淋しい味気《あじき》ないその家庭へ宗吉を牽《ひ》き附ける物を無理に挙げてみれば、それは兄の子供だろう。この頃漸《ようよ》う捉《つかま》り立ちをするようになって、片言で宗吉を呼ぶ。宗吉に抱かれて、川縁《かわべり》に出るのが大好きである。もう一つは、兄が東京駅から朝鮮へ発った汽車の窓で、留守中には辛いこともあろうけれど私《わたし》のためだと思って、どうぞ間違いのないように辛抱しておれ、と言い残した言葉である。

川縁の柳並木の間に真赤な夕日が落ちかかって、それを反映する川の水は全然《まるで》焔を流したように見えた。宗吉もその光を真正面《まとも》に浴びて、影を後に曳いていたが、屈托のある身には華やかな景色も一向目に映らない。やがて家《うち》のある五六間手前まで来ると、もうじっと聞耳を欹《た》てながら、無気味な物の側へでも寄るような歩き方でだんだんそっちへ近づいて行った。

ところが、一週のうち三四度は定《きま》って聞える筈の尖った声が、今日は聞えていない、耳に力を集めても確かに聞えていない。

「ああ嬉しい」と思いながらも、直ぐ側《そば》から毎日帰りの遅い――理由《わけ》はあらかじめ附会《こじつけ》てあるが――のに厭味を並べる祖父《じじ》や継母の苦い顔を胸に浮べて、やがて我家の前に立った。

と雨戸が閉《しま》っている。それだけなら珍しいこともないが、その雨戸の面《おもて》に斜めに紙が張られて、墨黒々と「貸家《かしや》。」

宗吉もこれにはさすが仰天した。直ぐ肚胸《とむね》を衝いたのは自分の行《ゆ》くべきところの不明なことであった。そしてまた、いくら自分が子供でも何の相談もなく留守中に引越してしまうのは、あんまり踏み付けにした所業《しわざ》だと腹も立った。

こうして宗吉は、半《なか》ば呆気に取られ、半ば腹立しさと当惑とに苛々しながら家の周囲《まわり》を彷徨《さまよ》っていたが、漸次《だんだん》黄昏の色が迫って来るので、とうとう隣りの家《うち》の玄関先に立って尋ねた。

「この隣りはどこへ越しましたでしょう?」

すると賑かな家内《かない》の笑声《わらい》が止んで、時々聞いたことのある主婦の声が教えてくれた。

「両国辺だとか仰有《おつしや》っていましたよ。……否《いえ》、番地は分りません」

両国辺と云えば嫂の兄の家《うち》のある場所である。一二度《ど》使に遣られたこともある。ではあすこまで行ったら様子も分るだろうと思ったが、さて懐《ふところ》中には一銭の用意もない。それで宗吉は空腹を抱えた儘とぼとぼ両国へ向いて歩き出した。「お祖父《じい》さんもあんまりだ。両国なんぞへ越してしまえば早速明日からの学校にも困る。第一、兄さんの留守には少くとも僕が兄さんの代理だのに。今夜こそは種々《いろいろ》言ってみよう」こんなことを思いながら。

三

嫂の兄の家へ辿り着いたのはもう八時も廻っていた。玄関先へ出たのは嫂で、

「まあ宗《そう》ちゃんかい、よく来られたねえ！　未だ御飯前？　それはそれは」

と、手を取るばかりにして上へ上げた。そして小暗い片蔭《かたかげ》で素早く宗吉の耳に口を当てて、

「宗ちゃんに知らせて上げるのが当り前だったんだけれど、お祖父様《じいさん》が、後から来るから打《う》っ捨《ちゃ》っとけと言ったものでねえ。足下から鳥の立つような移転《ひっこし》で、私《わたし》もすっかりて慌ててしまったのよ」と言訳らしく言った。

宗吉《そうきち》は嫂の後に随いて茶の間へ入った。四畳半の狭い間に電燈が明るく点《つ》いて長火鉢のむこうに継母のお秀《ひで》が長烟管《ながきせる》で烟草を喫《ふか》しており、食卓台《ちゃぶだい》を挟んで祖父《じじ》の宗兵衛《そうべえ》

と嫂の兄とが杯の献酬《やりとり》をしている最中だった。

宗吉の入って来た姿を見上げた祖父《じじ》の目は赤く充血していた。その顔はいつも酔ったときのように蒼くなっていたが、宗吉には、今夜のように凄味を帯びている時はなかったように思われた。

宗吉が黙って坐ると、祖父は唇許《くちもと》に、冷笑《せせらわらい》を浮べながら、舌《した》の縺《もつ》れている声で、

「とうとう捜し当てたな、ははは」と言った。

「お祖父様《じいさん》あんまりです、黙ってこんな遠くへ越しちまうなんて、明日から僕は学校をどうしたらいいのです！」

こう言った宗吉の眼には涙が輝いていた。

「学校！　職工の子は職工で沢山だ。ねえ清《せい》さん、そうしたものじゃないかい！　それにな、宗公《そうこう》、お祖父《じい》さんはこの頃身体に応えがなくなってな、とてもお前に恩返しをして貰えるまでにゃ持ちそうもないよ」

「じゃ学校をどうしろと言うんです！」

「好《い》い加減にやめろと言うのよ」

宗兵衛は慄《ふる》えのある手で杯を脣《くち》へ運びながら、

「お前《めえ》も学校へでも行ったらもう少し物分りが宜《よ》さそうなものだぜ。遠くへ引越したらもう学校へ行《ゆ》くのを諦めるだろうと思ってよ。本所辺にゃ工場も沢山あるでな、清《せい》さんに頼んで口を捜してやるさ」

宗吉は呆れた目を瞠《みは》って祖父《じじ》を見詰めた。

四

「遠くへ引越せばもう学校を諦めるかと思って引越したのだ」これが現在の祖父《じじ》の口から出る言葉か！　その学校を諦めさせようとする理由《わけ》は「とても恩返しをして貰えるまで生きていられそうもないから」と言うのである。

宗吉は祖父《じじ》の口から初めてこの本音を聞いて、あんまり浅ましいのと露骨《むきだし》なのとに呆れて、暫くはぼんやり宗兵衛の顔を見詰めていた。祖父《じじ》はそれきり押し黙って嫂の兄の清太郎と頻りに杯の献酬《やりとり》を続けていた。

そのうち自分の行末はこれからどうなることかと思うと、宗吉は急に心細くなって来て、周囲《まわり》の人達の顔を見廻した。しかし継母も、嫂も、その兄の清太郎もどこを風が吹くかと云うような顔をしている。

「この人達には一人だって僕と血の通っている者はないんだ。お祖父《じい》さんだって阿母《おっか》さんだって皆《みんな》僕とは他人なんだ」こう思うと宗吉は、心細さがなお増して来て、亡くなった父や、支那にいる兄や、未だ二歳《ふたつ》か三歳《みっつ》の時分に生別《いきわか》れした実母などのことが頻りに思われて来た。

「全体今の学校の教育てえ奴が間違っているよ、ねえ清《せい》さん」宗兵衛はやがて思い出したように口を開いた。「職工と云うとさも賤しい人間のように教え込むんだからな」

「そんなことはありませんよ、お祖父《じい》さん」宗吉がこう言うと、宗兵衛は充血した眼を光らせて、「お前《めえ》に話してはいねえ」と呶鳴った。

「それに今日《きょうび》の職工は伜《せがれ》の時代《じでえ》の職工とは違いまさ。方々の会社や工場から引張凧だから、金は面白いように取れる、随分贅沢をしている奴があるそうだからね」

「昨日《きのう》の新聞にもこんな話がありましたよ」今度は、継母のお秀が長火鉢のむこうからお鉄漿《はぐろ》の剝げた口で面白可笑《おもしろおか》しく世間の噂を始めた。

宗吉はもう我慢が出来なくなって、迫《せ》き込んだ声で継母に呼び掛けた。

「阿母《おつか》さんはどうするの？　また元のように僕と一緒になってくれる？」

「一緒になるって、お前、一体それから先どうする気なんだえ？」お秀は話を止めて宗吉を見返した。

「お祖父《じい》さんには済まないけれど、やっぱり阿父《おとつ》つぁんの遺言通り、僕は中学へ入るつもりなの。どうにでもしてきっと入ってみせる！」

「はっはっは、親父が月謝を払ってくれるからな」宗兵衛は苦笑《にがわらい》しながらまた杯を口に移した。

「駄目だぜ、宗さん」今度は嫂の兄が声を掛けた。

「苦学でもしてやって行《ゆ》こうと思ったたって中々周囲《まわり》でそうさせない。十人が十人堕落しちまうって話だよ。それよりかお祖父《じい》さんの言いなさる通りにする方が身の為だ」

「その方がいいと思うよ、宗ちゃんや」継母も側から口を出した。

「じゃ阿母《おつか》さんもお祖父《じい》さんと同じ考えなんだね」宗吉は沈んだ声で言った。そしてからじっと考え込んでいたが、急に身繕いして、宗兵衛の方へ向いて、畳に両手を突いた。

「お祖父《じい》さん、永々御世話になりました。だけれど僕はどうしても阿父《おとつ》つぁんの言った通り、上の学校までやりたいのですから、今夜からお暇を下さい。どうにかしてやって行《ゆ》きますから。お祖父《じい》さんも身体を大切《だいじ》になさって……」言葉の途中から声が潤んで顫《ふる》えて来た。

「俺の身体のことなんぞ構ったことかい！」宗兵衛は頭から噛み付くように言った。「往来で行倒れにでもならねえようにしろ、迷惑するから。何て強情な奴だ。死んだ親父そっくりだ！」後はぶつぶつ口小言を言い続けて、また杯をとり上げた。

宗吉は継母にも、嫂にも、嫂の兄にも一々別れを告げた。皆《みんな》一度は留めてくれたが、宗吉にはその表面《うわべ》ばかりの親切が見え透《す》いていた。

嫂は早速宗吉の衣類を包に拵えて来た。それを抱えて宗吉は玄関まで出て行ったが、次の室《へや》に小さい床を敷いて兄の子の寝かされているのが目に付くと、急に胸が迫って熱い涙が頰を流れた。

継母と嫂とは門口まで送って出て来た。

「無理をしない方が宜《い》いよ。いつだって帰って来ればお祖父《じい》さんにお詫びして上げるからね」

継母はいかにも優しそうに言った。嫂は無理に電車の回数券を四五枚宗吉の手に握らせた。

五

三十分の後宗吉は両国橋の欄干に凭《もた》れて、しょんぼり目の下の水を眺めていた。

空はいつか掻き曇って、真黒な雨雲が今にも頭に蔽《かぶさ》りそうだった。大川の水は黒く音もなく流れて、往来《ゆきき》の船の艪《ろ》の音ばかりがギイギイと淋しく聞えた。それでも両岸には町家《まちや》の灯影《ひかげ》が星のようにこの暗い夜を飾っていた。橋の上には絶えず人通りがあって、時々ゴーッと音を立《た》てては明るい電車が走って行った。

しかしそう云う灯影も物音も宗吉の眼や耳には入らなかった。宗吉の小さい頭の中では従来《これまで》のこと、未来《これから》のことなどが、走馬燈《まわりどうろう》の画のように忙《せわ》しく現れたり消えたりしていた。

阿父《おとつ》つぁんの顔はぼんやり覚えている。けれども始終遠い国々に出張していて家《うち》に落着いているのは一年のうち一月となかった。——最後には悲しい姿になって白木の小さい箱に入って帰って来た。阿父《おとつ》つぁんが自分を可愛がってくれた記憶は二つしかない。縁側で抱かれて頬擦りされた時、髯がちくちくちく痛かったこと、それと、どこかの洋食屋に連れて行って、胸へ白い大きなナフキンを掛けてくれ、大きな匙で肉汁《スープ》を飲ませてくれたこと、これだけである。

生別れした阿母《おつか》さんの顔、この方は全然《まるで》知らない。兄さんの微《かす》かな記憶では髪の毛の濃い、色の白い、目の大きな人だったと云う。何故阿父《おとつ》つぁんと別れたのか、その訳は兄さんも知らない、けれどどこかに生きているそうだ。こんな時にいてくれれば今の阿母さんのように邪慳ではあるまいと思うと、怨《うらめ》しくも恋しくもある。……

「ぼう」と暗い川の中で小蒸汽《こじょうき》の笛が鳴った。

その音で宗吉は吾《わ》れに復《かえ》って顔を挙げた。いつの間にかほろほろ霧雨が降り出していた。肩に触ってみると、もう心持湿っている。それで初めて欄干を離れて、電車の停留場の方へとぼとぼ歩き出した。腹の空いているのが一時に足に応えて来た。正午《おひる》に弁当を食べたぎり、もう九時近いのに腹に何も入っていないのである。

しかし「これから僕はどこへ行《ゆ》くのだろう」と思い返してみると、空腹などは何でもなかった。こうやってふらふら停留場の方へ歩いて行《ゆ》く。しかし電車に乗ってから車掌に「どこまで」と訊かれたら何と答えていいのだろう。そう思うと、宗吉は一度に目の前が暗くなるような気がして足も進まなかった。

雨になったので往来の人達は皆忙《みんなせわ》しそうに歩いて行《ゆ》く。あの人達には皆《みんな》帰る家があるのだ。市街《まち》の方の空を見ると電燈や瓦斯《がす》の光が低く雨雲にぼっと映っている。あすこには何千軒、何万軒と云う人家があるのだけれど、その中には小さい自分を入れてくれる家《うち》は一軒もない。――こう思うと今更《いまさ》ら心細さが増して来て、宗吉はつい出て来た本所の方を振り返ったが、無慈悲な祖父《じじ》の言葉や浅ましい母や嫂の態度《しうち》を思い出して、「僕はどんな目に逢っても二度とこの橋を向うへ渡るもんか」と呟いて、じっと川向うの灯影《ひかげ》を見詰めた。その目はまたいつかぼんやり霞んで来て、熱い涙がぽたぽたと零れた。

六

ふと思い付いたのは、牛込に家のある浅岡と云う同級生である。浅岡の両親も宗吉の身の上は薄々知っていて、遊びに行ったり復習《さらい》に行ったりする度毎《たんび》に宗吉に親切にしてくれた。

二三度は旨《おいし》い晩飯の御馳走になったこともある。その時の光景が、いま空腹の宗吉の目には一層《ひとしお》はっきりと浮んで来た。畳の新しい六畳の茶の間、華かに輝く電燈《でんとう》の光、広い食卓台《チャブだい》、旨そうな香《におい》の烟《けむり》を立てている大鍋、その食卓台《チャブだい》を囲んで賑かに笑い興じながら、親子兄弟揃って晩飯の箸を取っている仲間に加わった時、宗吉は、生れて初めて、世間にはこんな楽《たの》しい夕食もあるのかと思った。

「あの家《うち》へ行って頼んだら一晩や二晩はきっと泊めてくれるだろう。その間に受持の小森先生にも相談してみよう。あの先生は親切な方だから、僕みたいな子供にでも出来る仕事をお世話して下さるに違いない」

こう呟くと漸《ようよ》う元気が出て、宗吉はまた糠雨《ぬかあめ》のなかをぴたぴた停留場の方へ急いだ。

七

電車の中は相応に混み合っていた。明るい電燈の下に大きな風呂敷包を抱え、帽子の庇《ひさし》からぽとぽと雫を垂らしながら立った宗吉の姿は、いかにも見窄《みすぼ》らしかったが、そのうち直き前にいた人が降りたので、宗吉はそこへ腰を下《おろ》すことになった。いつもなら一応四辺《あたり》を見廻して、老人でもいればその席の空いたことを教えてやるところであるが、今夜は腹が空《す》き切っているので、そんな余裕もなかった。

宗吉はまたこの後のことを種々《いろいろ》と思い廻《めぐ》らし始めた。その間に電車は燈火《ともしび》の賑やかな街筋を勢好く走って、やがて須田町まで来た。

「夕刊二銭、本日の夕刊二銭！」

売れ残りを無理に片附けようとする夕刊売の声が騒々しく窓際で聞えた。宗吉が雨に煙った窓硝子に額をあてて車外を覗くと、直ぐ目の下に自分と同《おな》い年位の売子が立っていた。

「場合によっては僕もこの仲間に入らなけりゃならない」こう思うと宗吉は何となくその売子が他人でないような気がして来て、「こうやって僕が見ているうちに一枚でも余計売ってくれればいいいな」などと思いながら、暫くその少年を眺めていた。

そのうち電車が動き出した。すると急に宗吉は自分の肩に手を掛けて、「君は岸村だね、今時分どこの帰りかね？」と言う大人の声を聞いた。

呼び掛けられて宗吉が顔を上げると、眼鏡越しに自分を見ている優しい目に出逢った。口髯の濃い、でっぷり肥った、無造作な書生風の男である。

「あ、小森先生！」宗吉は懐しそうに叫んで立ち上ろうとした。

「まあ坐ってい給え、君には荷物がある」先生はこう言ってから、宗吉の身廻りを眺めて、

「大分濡れたね。どこへ行った帰途《かえり》かね？」

先生の親切な言葉を聞くと、宗吉の胸は一時に解《ほご》れて、無性に悲しくなって来た。

「本所へ行って来ました。……越しちまったんです」

「越した？　あの本所へ？　すると学校はどうするんだね？」

先生は宗吉の顔を覗き込むようにした。宗吉は無言のまま淋しい顔で茫然《ぼんやり》前を見詰めていた。先生はその目に浮んでいる涙を見逃さなかった。

で何か考えていたが、やがて低声《こごえ》になって「君、どこで降りるのかね？」

「飯田橋です」

「そりゃ都合が好《い》い。僕の傘へ入って行《ゆ》き給え」

それから両人《ふたり》は何も言わなかった。思い思いのことを考えて行った。雨は漸次《だんだん》繁くなって来て、窓硝子に忙《せわ》しい縞を描いていた。

八

雨《あめ》の江戸川縁は暗く淋しかった。しかし往来は白く上光りがして、時々電車が走り過ぎると、その明るさがぱっと行潦《みずたまり》に映った。小森先生と宗吉とは一つ蝙蝠傘の下に並んで、ひそひそ話《はな》し合いながらこの川縁を歩いていた。

「なるほどそう言う話だったか、それじゃ君が家を出たのももっともだ」先生はしんみりした声で言った。「本所へ越したと君が言った時から、何だか無理のある移転《ひっこし》のように思われたのだよ。それにしても君を出し抜いて遠くへ越しちまうなんて残酷と言えば残酷、浅果《あさはか》と言《い》えば随分浅果《あさはか》な話だな……自分が生きているうちに恩返しがして貰《もら》えない、だからもう学資を出すのは厭だ。そうお祖父《じい》さんが言ったのだね？　よく、それまでに言い切る勇気があったものだ。……けれど、お祖父《じい》さんが亡くなった後でも君が岸村の家名を揚げれば、それが即ちお祖父《じい》さんへ恩返しをしたことになるじゃないか。お祖父《じい》さんにはそれが分らなかったのかね？」

先生は独言《ひとりごと》のように言っていたが、やがてまた嘆息して、

「他人同士《たにんどうし》の寄合ってそんなものかなあ」と言った。

後にはまた暫く無言が続いた。一つ先の停留場の赤い電燈が漸次《だんだん》近くなって来た。

それを見ると、先生は急に思い出したように、

「そうそう、君は友人の家《うち》へ泊りに行《ゆ》くって言ったっけね？　どうだい、僕の宿へ来

ては？　僕一人で他人《ひと》の家《うち》の二階を借りているのだから、親兄弟のある家《うち》へ泊って気兼をするよりか余程《よつぽど》呑気だよ。明日は日曜だし、改めてよそへ相談に行《ゆ》くのも宜《よ》かろうし、また僕も出来るだけ君の自活の道を捜して上げよう……僕も今でこそ小学校の教員はしているが、別に、志している方面があるのでね。毎晩こうやって夜学に通っているのだよ」

こう言って先生は膨れた懐《ふところ》をポンと叩いた。

その晩宗吉は小森先生の家に泊ることになった。

九

翌日の午後宗吉は青山墓地を歩いていた。牛込の友人の家を訪ねた帰途《かえりみち》、久しく父の墓へ無沙汰《ぶさた》していたことを思って、そちらへ足を向けたのである。

秋晴の深い青空を戴いた墓地は寂《しん》としていた。時折遠い大通りの方で自動車の笛や、電車の軌りが聞えたが、ここの平和は少しも乱されていなかった。冷々《ひやひや》と黒い土の色、ほんのりと漂って来《く》る線香の煙、宗吉はしんみりした気持で累々と立ち並ぶ墓石の間を、右へ曲り左へ折れして歩いて行った。

日曜なので家族打ち揃った墓参の人達もちらほら往来《ゆきき》していた。なかには母の袖に縋って何か甘えながら行《ゆ》く子供もあった。母はまた楽しそうにその相手になっていた。宗吉はこういう有様を度々友達の家《うち》でも見た。が、自分と同じ年の友を赤ん坊か何ぞのようにちやほやしている母の様子を見ると、いつも羨しいと思うよりは、「わざとあんなことをしているのだ、みっともない」と思った。

今日も宗吉は同じような感じでそう云う親子の群《むれ》を見送った。……宗吉は母の情《なさけ》と云うものを全然《まるで》知らぬ少年だったのだ。

やがて宗吉は狭い生垣の中に父の墓を捜しあてた。小さい、見る影もない墓石がしょんぼり秋の日光《ひざし》を浴びて立っていた。その前に跪いて暫く両手を合せているうちに、種々《いろいろ》のことが思い出されて来た。しかしいつも物足りなかったのは、父の顔がぼんやりしか浮んで来ないことと、父に可愛がられた記憶のごく僅かであることだった。

それでもそうやってじっと目を瞑っていると「宗吉だけはきっと偉い者になってく

れ、学問のなかったために、皆《みんな》から馬鹿にされ、碌な出世も出来なかった親父の口惜しさを霽《はら》してくれ」と言う声が、耳朶《みみたぶ》の近さでヂンヂン鳴るような気がした。終《しま》いにその声が実際墓石の下から聞えて来るような気がして、宗吉は、はっと目を見開いた。日は大分西へ廻っていた。「小森先生の宿まで帰るには一時間はかかるだろう。それに明日の予習もしなければ」と気が付いて、宗吉はもう一度父の墓に敬礼してからそこを立ち去ろうとした。すると背後《うしろ》から、

「もし、もし、ちょっとお待ちなすって」と呼び留める女の声が聞えた。

十

宗吉が振り返って見ると、小さい丸髷に結《い》った人の好さそうな老婆が、蝙蝠傘を杖にして立っていた。そして、まじまじと宗吉の顔を見ながら、

「失礼で御座いますが、貴方はこの岸村さんをお知合の方でおあんなさいますかえ？それとも御親類の方ででも」と言った。

「このお墓に入ってるのは僕の父なんです」

「阿父《おとう》さん？　それで貴方のお名前は何と仰有《おつしや》いますの？」

「岸村宗吉ってんです」

「まあ、宗吉さん！　貴方があの宗吉さんでしたの？」老婆は細い目を見張って今更のように宗吉を眺めた。宗吉もじっとその顔を見返していたが、少しも覚えがなかった。

「そうそう貴方は御存知じゃおあんなさるまいねえ。私《わたし》は貴方にこの乳を上げたことがあるのですよ」老婆は萎びた胸を着物の上から抑えてみせながら言った。「阿母《おつか》さんのお乳が足りなかったもので、貴方を連れて、船で私《わたし》の家《うち》まで来《こ》らしたのですよ。その時分家《うち》は横須賀にあったものですからね」

「じゃ阿母《おつか》さんて、僕の本当の阿母《おつか》さんですね！」宗吉はさも懐《なつか》しそうにこう叫んだ。

「阿母《おつか》さんて、どんな人《ひと》でした？　叔母さんどうぞ、その時の話をして下さい」

老婆は思い深げな顔をしてから、

「さあ、かれこれ十年余りにもなりますかね……何でも雨降りの日でしたよ。小蒸汽《こじようき》がひどく揺れたとかで、蒼い顔をして貴方を抱いて上陸《あが》っておいでたが、真黒な髪を格好の好《い》い丸髷に結《ゆ》いなすって、目のぱっちりした、口許の尋常な……そうれ貴方のその顔に瓜《うり》二つでしたよ」

こう言いながら今更のように宗吉の顔を見たが、うっとり母の幻《まぼろし》を追っているその目に気が付くと、急に話を変えて、

「貴方、今どこに住んでなさるね？　お祖父《じい》さんもお壮健《たつしや》ですかえ？」と訊ねた。

「ええ、お祖父《じい》さんは壮健《たつしや》です。ですけど」宗吉は言いかけて半ば口籠《ごも》りながら、

「僕は小石川にいるんです、先生と一緒に」

「へえ、先生と一緒に？　何故ですえ、家《うち》の皆さんも東京にいなさるんでしょう？」

老婆は不審《いぶか》しそうに言って、宗吉の返事を待っていたが、何とも云わずに頼りなさそうな顔をしているのを見て、「さぞ苦労も多いことでしょうね、まだお小さいのに！」としみじみ言った。

「叔母さん、僕の阿母《おつか》さんは何故いなくなったんです？」宗吉は俄に思い入ったように訊ねた。

「さあ、私《わたし》だって深いことは知りませんよ……貴方の家《うち》は、お気の毒に、他人同士の寄合だったもんだからね」と老婆は言葉を濁した。

「じゃ、お祖父《じい》さんにでも虐《いじ》められたのですか？」

「そうとばかりも言えませんがね、年寄と若い者はとかく気が合わないもので……」

宗吉は脣を噛んで考え込んでいたが、老婆の顔をじっと見て「叔母さん、お願いですから、僕の阿母《おっか》さんに会わせてくれませんか？」と叫んだ。

「それは弱りましたね」老婆はいかにも当惑そうな顔をした。「私《わたし》だって阿母《おっか》さんの行先《ゆくさき》は知ってやしないし、よしんば知ってたとて世間にゃ義理《ぎり》と云うものがあります。そう訳なく会う訳にも行《ゆ》きますまいしねえ」

「そうですか……会いたいんだがなあ！」宗吉は半ば口の中で言って、ほっと青空を見上げた。大きな目はもう潤んでいた。

「無理もないけどね」老婆は慰め顔に言った。「まあ精出して勉強なさいよ。いずれ会える時節も来るでしょうから」

「じゃ僕が偉くなったら会えるでしょうか？」宗吉は目を輝かせて老婆の顔を仰いだ。

「ああ会えましょうとも、私《わたし》も手伝ってきっと会わせて上げますよ」老婆は頼母《たのも》しげに言った。「そうそうまだ私《わたし》の住所《ところ》を言いませんでしたね。倅の家《うち》に厄介になっていますよ。倅もね、やはり阿父《おとつ》つぁんと同商売で毎度お世話になったのですよ。本当に親切な方だったから」

老婆はそれから品川にある家の番地を教えた。苗字は浜田と言った。そして宗吉の居所も詳しく訊き、なお種々《いろいろ》と慰めてから、見返りがちに別れて行った。

十一

三四日はこともなく過ぎた。この間宗吉は小森先生の宿から通学し、帰ってからは先生の調べ物の手伝いをした。字が巧いので先生は意外の助手を得たと悦《よろこ》んでくれた。宗吉もそれが嬉しくて、なお身《み》を入れて先生のために尽していた。

五日目のことである。午後の放課時間に、小使が運動場の隅にいた宗吉を呼びに来た。行ってみると、小森先生が廊下に立っていて、

「本所から電話でね、君に至急来て貰いたいと言って来たのだよ。それで直ぐ切ってしまったから理由《わけ》は分らんが、どうするね？」と言った。

宗吉は暫く考えていたが、そうしているうちに頻りと胸騒ぎを感じ出して、抑えようとしても抑え切れなかった。どうしても行《ゆ》かなければならぬような気がして来た。で先生を見上げてはっきり言った。

「行って来《こ》ようと思います。何だか気になって堪りませんから」

「それもよかろう。そういうのが運命の導きかも知れない。お祖父《じい》さんだって阿母《おっか》さんだって何も君が憎い訳じゃないのだから」

先生はこう言って、いつものように優しく元気をつけてくれた。

十二

二度とは渡るまいと心に誓った両国橋を、一週間も経たぬのに、宗吉はまた渡った。秋晴の空を映した大川の面を、川蒸汽や荷足船《にたりぶね》やモーターボートなどが活々と往来《ゆきき》していた。

「どうしても往《ゆ》かなければ気がすまない。これが先生も仰有《おつしや》った運命と言うものなのかしら」宗吉はこう思いながら、暫くは橋の欄干に凭れて行《ゆ》く水に見入っていた。

嫂の家に近づくにつれて、いつかの夜の光景がまざまざと目に浮んで来て、反抗心が幾度か足を引返させようとしたが、それでもとうとうその家の玄関の格子を開《あ》けるまでになった。

格子の鈴が鳴ると継母のお秀が出て来て、

「おや宗ちゃんかえ、さあお上り」と言った。落着き澄《すま》した、情《じよう》の籠っていない声だった。

上ると、嫂の子供が飛び出して宗吉に抱き付いて、「兄ちゃん、どこ行ってたの、どこ行ってたの?」と廻らぬ舌で尋ねた。宗吉は堪らず抱き上げて頬擦りした。が、その間にも、電話で呼び付けられた用事を嗅ぎ出そうと、四辺《あたり》を見廻したりした。

家《うち》の中は静かだった。茶の間の長火鉢の側《そば》には嫂が坐っていて、宗吉を見上げると形《かた》ばかりの笑顔を見せた。猫板の上には餅菓子を入れた竹の皮が開いてあって、茶道具も並べてある様を見ると、今、継母と嫂とが茶話を始めようとしていたところらしかった。

お秀は火鉢のこちらへ坐って、まだ子供を離しかねている宗吉に言った。「実はね、お祖父《じい》さんがあれから急に具合が悪くて、卒中にでもなりそうなんだよ」

「え、お祖父《じい》さんが？　どこにおいでなんです？」宗吉は口忙《ぜわ》しく言ってもう立上った。継母は無言のまま襖のむこうを指《ゆびさ》した。

宗吉は隣りの間を抜けて奥座敷へ入ってみると、薄暗い隅に老人が寝かしてあった。気のせいか一週間も会わないうちに頬の肉も落ち、目の周囲《まわり》にも薄黒い隈が出来ていた。

枕許に坐って心もとなげに寝顔を見ていると、宗兵衛は不意に目を開《あ》いた。そしていかにも力なげな目で四辺《あたり》を見廻してから、やっと宗吉のいるのに気が付いた。いつもの強情な気質は、少しもその顔に見られなかった。

宗吉は悲しい気持で無言のまま祖父《じい》と目を見交していたが、やがて、

「お祖父《じい》さん、何か御用はありませんか？」と訊ねた。

「水」――宗兵衛は嗄れた弱い声音で言った。

宗吉が茶の間に水を取りに来てみると、継母と嫂とは向い合って餅菓子を頬張っていた。

小さい茶碗に湯冷《ゆざま》しを入れて宗吉はまた祖父《じい》の枕許へ戻った。祖父《じい》は横を向くだけの力もなさそうなので、宗吉は仰向いている口へ少しずつ水を入れてやった。飲み畢《おわ》ると宗兵衛は、

「旨《うま》い」と低い声で言った。そして目を瞑《と》じた。

宗吉はまたその寝顔を見戌《みまも》りながら、恋しいような恨《うらめ》しいような心持で胸が一杯になった。と、急に夜着の裾の方が一つ波を打って、宗兵衛の咽喉《のど》がゴロゴロと鳴った。

「お祖父《じい》さん、お祖父さん」宗吉は慌てて声を掛けたが、宗兵衛は目を見開かなかった。わなわな顫《ふる》う手で脈を捜《さぐ》ってみると、もうそれは絶えていて、手は氷のように冷たかった。

「阿母《おっか》さん、阿母《おっか》さん！　お祖父《じい》さんが大変です！」宗吉は大声で叫ぶと、祖父《じい》の胸に縋っておいおい泣き出した。

十三

その夜更《よふ》けて、小森先生の二階では宗吉が涙ながらに祖父《じい》の臨終を物語っていた。先生は宗吉の一言毎《ことごと》に嘆息した。宗吉は、

「何故お祖父《じい》さんは、宗吉俺が悪かったと、一言《こと》言ってくれなかったのでしょう?」

と言って、唇をきつく嚙《か》んだ。

「でも、水を君の手から飲ませて貰って、「旨《うま》い」と言った。その一言《ひとこと》のうちに何もかも籠《こも》っているよ」こう先生は言った。先生の目と宗吉の目とから同時にぽろぽろ涙が零《こぼ》れた。

先生はやがて、宗吉の留守に浜田という男が来て、その母の口から宗吉の今の身の上が、昔宗吉の父の世話になった某技師長の耳に入《い》り、是非今後宗吉の面倒を見たいと希望しているという口上だったと、告げた。

「それに阿母《おっか》さんも嫂《ねえ》さんも、お祖父《じい》さんが亡くなったために、大変善《い》い人になった

ようです」

宗吉は泣き濡れた目にも活々《いきいき》しい輝きを見せてこう言った。

なにもかも、これからは幸福になるように宗吉には思えた。

——或る友の身上話から——

天狗の罰

「この大岩の出っ鼻が西覗きだよ。お山第一の行場《ぎょうば》での、下は千仞の谷底だ。狼もいれば、蟒《うわばみ》もいる。罪のある者は皆ここで言ってしまわぬと、天狗様に摑まれて気の毒ながら去年の猪作《いさく》のようなことになる。さあそのつもりで一人ずつ上って来なされ」

先達の角蔵《かくぞう》は大岩の頂に突立って眼の下の六人の道者に厳《いかめ》しく言い渡しました。

初夏の日はもう紀州路の連山に落ちて、六千尺近い大峯（山上ヶ岳）の峰々にも、微かに蒼い夕蔭が迫って来ていました。ただ角蔵が背を向けている空は未だ紅い夕映を残しているので、頭巾《ずきん》、篠懸《すずかけ》の行衣《ぎょうえ》、法螺貝を腰に著《つ》け、錫杖《しゃくじょう》を岩角に突立てた大《たい》兵《ひょう》な先達の姿は、殊にも物々しく眺められました。

村では余り評判の良くない角蔵でも、前後十何回かの峰入りの功で、一度《ひとたび》先達となってこの山上へ登れば、信心深い人達の眼には全然《まるで》役の行者（この山の開祖）の再来か何ぞのように仰がれて、一から十までその命令《いいつけ》通りに従うのでした。

吉野から西覗きまでは凡そ五里、その間大天井小天井の難所でも、人々は幾度か胆を冷しました。

「目え開《あ》いてはならん、両方に天狗様《さん》が立っていなさるで」

嶮岨な処《ところ》へかかる度毎《たんび》に角蔵はこう言いました。人々は真正直に目を堅く瞑《つぶ》って岩角を匐《は》って歩きました。それが大峯一の難所西覗きがここと聞いては、なおさら我れから先へその岩へ這い上る元気の者はなかったのです。

角蔵は上から太い声を荒らげて、

「ええ、漸次《だんだん》暗うなるわ。早うせんと、崖の下の役《えん》のお行者のお姿が拝めんぜ。さあ老人《としより》から交る交る上って来なされ」

こう促されてとうとう年齢順に一人ずつ岩へ登り始めました。その大岩はむこうの谷へ烏天狗の鼻面のように曲っているので、先達と道者の姿は一時見えずにおりました。そして道者が今度皆《みんな》の方へ顔を見せて下りて来る時には、大方蒼くなって脣を慄わせていました。

一番終いに番が廻って来たのは十四歳の猪吉《いきち》でした。「気を付けて行って来るだぞ」と口々に言われていよいよ攀《よ》じ上った時には、その小さい胸は烈しく躍りました。それは怖いためではありませんでした。西覗きは、やはり先達をしていた父の猪作が天狗に奪《さら》われたと言う場所で、「せめてその場所でもこの猪吉に見せてやって下さい」と猪作の妻に縋られて、角蔵は迷惑そうにそれを承知して来たのです。それで今、西覗きを覗こうとする猪吉は、父懐しさで胸が張裂けるようだったのです。

「さあ来《こ》う」

角蔵は上から逞しい腕を伸して、猪吉をそれに縋らせて引き上げると、両人《ふたり》は並んで岩のむこうに見えなくなりました。

後の五人はその間、ひそひそとこんな話をしていました。

「誰《たれ》か岩の下のお行者のお姿を覗いた者があるかの」

「どうしてどうして！　第一《でえいち》岩がこんな風に前へ下ってる。あれへ腹ん匐《ば》って両肘を岩へ突っ張って額の処へ合掌組んであの谷底う覗きにかかると、角蔵どんが馬乗りになって押えてくれてるはええが、急に俺《おれ》の肘を横に払ったで、ガクリと首が前へ伸びて、その胆っ玉の潰れたことう！」

「否《いやん》、あれが行《ぎよう》だと言うだ。俺《おら》もその目に合ったよ、それで仰天しちまった。谷底なんぞ覗ける段か。あれが天狗杉と云って、猪作の死骸《しげえ》が突《つ》ッかかっていたところだと指されても、目の前に雲みてえな物がもやついて、何一つ見えなかった」

「可哀そうにあすこで天狗様《さん》に摑まれては助かりっこはねえだ。何でも余り帰《けえ》りが遅いで、角蔵どんが心配して登って行って見ると、上にゃ猪作の影も形も見えなかったと言うでねえか」

「猪《い》の坊も不憫なものだの、親爺の突ッかかってた杉を覗かされてはよ」

途端に法螺貝の音が急に聞えました。一同が耳を立てると、それは正《まさ》しく角蔵の吹き鳴らすもので、やがて音が止んで、岩の上に角蔵の姿が現れました。そして黙って岩を攀《よ》じ下《お》りて来ましたが、いくら見ても後から猪吉の姿が出て来ません。

「猪吉はよ?」

と一人が訊くと、角蔵は狐の魅《つ》いたような顔をして黙って岩の方を指しました。

「一人で大丈夫かの?」

ともう一人が尋ねかけると、

「また天狗様に取られただ」

と角蔵は口の中で言ってぼんやり突立っていました。

「ええ！」人々は異口同音に叫んで、中にはへたへたと大地へ坐ってしまった男もありました。

二

「こうれよ、気い確かに持つだ、御道者《おんどうじゃ》あ！」

西覗きの絶壁から鞠のように落ちて行《ゆ》く途中でうっとりと何もかも夢中になった猪吉は、ふと遠くから誰かがこう呼《よば》わっているのに気が付きました。やがてその声が漸《だん》次《だん》近くなって来て、果ては破鐘《われがね》のようにがあんと耳に響いたかと思えば、いつか自分の眼は開《あ》いていて、鼻先に突ッ立って微暗《ほのぐら》い絶壁が見えました。

「おう、気が付いたようだの」こう言われて見上げると、直ぐ横合から見も知らぬ髭だらけの大きな顔が、自分を覗き込んでいるのです。

「あッ」と叫んで猪吉は急いで離れようとすると、

「まあ落付くがええだ」と太い腕が抱き止めて、

「安心するがええよ、怪我あ一つねえだから。あの高処《たかみ》から運よくこの藪へ落ッこって、怪我もねえとは全く天狗様《さん》が助けてくれたこんだよ」

見上げる空は瓶《かめ》を割ったような絶壁に狭く画《くぎ》られて、夕星《ゆうぼし》が一つちろ、、ちろ、、と瞬《またた》いていました。

「じゃ助かったんだ」猪吉が呟きました。

「助かったにもよ、それにしても、御道者《おんどうじゃ》、お前《めえ》どうしてあすこから落ちて来ただ、粗相かね？」

「粗相じゃねえだ」

こう叫ぶと、猪吉は先刻《さつき》の恐ろしさが今更胸に呼び戻されて、にわかにぶるぶる慄え出しました。そして声まで慄わせながら、

「畜生、あの角蔵が突如《いきなり》俺を突き落したんだ。あのお先達の奴が『親爺に会いたきゃ、会わしてやる』って」

「お先達がかい！　そいで阿父《おとう》と言うはどこにいるだね？」

「去年の夏西覗きで天狗様《さん》に攫《さら》われて……天狗杉とかに引ッ掛っていたって云うよ」

猪吉が言うと、

「その人もやっぱし先達ではねえかの？」

「ああ刀を差してるお先達だよ」

「それじゃ俺《おら》の友達が担いで来たあのお先達に相違ねえ。天狗杉に引っかかったなたあ真赤な嘘だ」

「え、阿父《おとつ》つぁんが？」猪吉が目を見張ると、

「でっぷり肥った人だろうが？　綿房《わたぶさ》の附いた輪袈裟《わげさ》を掛けて、刀あ差いて」

「そいでどうしたの、まだ生きてるけえ？」猪吉は男に取り付いて半ば夢中で叫びました。

「否《いんや》、直き亡くなったぞ」男は言って、しくしく泣き出した猪吉の頭を暫く撫でていましたが、ふと思い出したように、

「お前《めえ》、今先達の名を何とか言ったな、おう角蔵？　待てよ、ことによるとその角蔵

ちう先達奴《せんだつめ》が、お前《めえ》の阿父《おとう》もあの西覗きから突き落したのではねえかな。何かお前等《めえら》親子が角蔵ちう奴に恨《うらみ》でも受けてることはねえかの？」

「知《し》らねえよ。あの、お金のことで、角蔵が阿父《おとつ》つぁんに散々叱られてたことはあったけど」

「それにしても罪もねえ子供にまで祟るたあ、全然《まるで》鬼だ。俺《おら》が村はこの谷底にあって昔から前鬼《ぜんき》後鬼《ごき》と言うが、それでもそんな人鬼《ひとおに》はねえぞ、とんだ先達もあるものだ」

男は角蔵が眼の前にでもいるように息捲いてから、やがて、

「お前等《めえら》は、洞川《どうかわ》から登ったのかの、吉野からかの？」

「吉野から」

「すると今夜は小笹泊りだの、それじゃ丁度ええ、俺《おら》も小笹まで行く途中だで、一緒に行って阿父《おとう》の仇を討ってやるだ。そんな偉《にせ》先達奴がいつまでこのお山にのさばっていられるかよ！……ほう話に夢中になってお前《めえ》の顔も見えなくなったぞ、腹も空《へ》ったろうの」男はこう言って傍の嚢《ふくろ》からがさごそ何か取り出した物を猪吉に渡しながら、

「これは行者餅と言ってな、前鬼後鬼の村の名物だに、これで途々《みちみち》腹を拵えたがええ。

それにその行衣《ぎようえ》では寒《さむ》かろう。俺《おら》の袖無《じんべい》を着て負《おぶ》さるがええだ」

とっぷり暮れた谷間《たにあい》で男は忠実《まめやか》に猪吉をいたわり、厚い袖無《そでなし》を着せてから自分の背中に結び付けました。それから用意の松明《たいまつ》に火を点し、さっと一振り振って立上った姿は六尺近い大男で、山袴《ばかま》を穿《は》いて、腰には山刀を差しておりました。

「狼は出ないの？」猪吉は心細そうに訊くと、

「はっは、前鬼後鬼の人間はお山の鳥獣《とりけもの》たあ友達だ。それに天狗様《さん》の名代《みようだい》だでね」

こう言いながら険しい岩角を大股で歩き出しました。

「天狗様の名代？」

「おお、名代だよ、早い話が、それ、吉野へ忘れて来た物が所有主《もちぬし》より先へ洞川へ着いていたり、西覗きで落した数珠や守り袋がいつの間にか小笹の小屋へ来ていたりする、あれも皆《みんな》は天狗様《さん》のなさることにしてあるが、真実《ほんと》はお名代がなさることだぞい。この谷間《たにあい》の路《みち》は山の上を行《ゆ》く三つ一分《ひとぶん》もねえ、けれど山の者の他は誰《たれ》も知っていねえし、知ってたとて、中々歩けるものでねえからの」

谷底の夜気は冷々《ひやひや》と身に沁み渡って、折々峰から吹き颪《おろ》す風に松明の火ははらはらと岩角に零れました。どこかに滝が落ちているらしく鞺々《どうどう》と谺《こだま》を返している音も聞えて来ました。

猪吉は男の広い背にひたと頬を押し付けながら父の疑《うたがわ》しい死、夢のような今の身の上、家に残っている独りぼっちの母のこと、また直ぐ目先に迫っていることなどをぼんやり考えていましたが、そのうちにも、角蔵に出会ってからのことが頻りに案ぜられてなりませんでした。

「叔父さん、角蔵をどうしてやるの」猪吉が訊くと、

「まあ見ているがええ、天狗様《さん》の罰はあらたかだからよ」と底太い声で言いました。

三

小笹の小屋は、大峯の絶頂釈迦ヶ岳からは一里手前で、西覗きに劣らぬ凄《すさま》じい絶壁を軒下《のきした》に控えている室《むろ》です。真夏になれば登山の道者で賑うのですが、この月八日に山開きがあった許りで、今夜は角蔵を先達とした一組しか泊りがありませんでした。

粗末な精進の晩飯をすますと人々はガランとした室《むろ》の真中に炉の火を囲んで、ひそひそとまたしても猪吉の噂を繰り返していました。戸外《そと》では、時々峰を渡る風、窓下の谷間へ吹き落す風が何とも言えぬ底凄い音を立てて、猪吉の行方不明になって以来《このかた》怖気《おじけ》のついている人達の胸を脅かしました。それに小笹の小屋と云えば、度々天狗の羽搏きが聞えるので名高い小屋だったのです。

角蔵は、皆《みんな》の中にも殊に沈んだ顔付で、

「猪の坊の親爺は一体どれほどの業を作っただろうな、我子まで天狗様《さん》に奪《さら》われるたあ！　けれど俺《おら》は村へ帰って、あの阿母《おふくろ》に会わす顔がない」

「でもそりゃお先達の悪い訳ではなしよ。皆《みんな》神業だで。けれど猪作も好《え》え人間だったがよ」と一人が嘆息すると、小屋の主人《あるじ》が側から言《い》いました。

「否《いんや》、世間の目には好《え》え人間に見えても、天狗様《さん》の眼にはどれほどの悪人だったか分るものでねえ。なにごともお見通しだでねえ」

これを聞くと角蔵の眼は心持ち異様に輝きましたが、

「俺が一寸他見《ちよつとよそみ》をしているうちに、もうどこへか行ってしまったで」

「その他見《よそみ》をさせたちうも、やっぱし天狗様《さん》の所業《しわざ》だよ。決して見てるところで奪《さら》うものでねえと言うだから……」

主人《あるじ》はこう言いかけて、ふと何かの音を聞きつけたらしくじっと目を凝らしていましたが、急に低い声で言葉忙《せわ》しく、

「お天狗様《さん》がお出でだ。さ、お経を上げて、お経を」

と言いも終らぬうちに側の洋灯《らんぷ》をふっと吹き消し、炉の火の上に何か蓋を蔽《かぶ》せてしまいました。

室《むろ》の中はにわかの真暗闇で、人々は慌てふためき出しましたが、そのうち室《むろ》の主人《あるじ》と角蔵の声が厳かに、

「ノウマクサンマンダ、バサラダ」と、祈り始めたので、皆《みんな》も畳の上に突伏しながら顫え声でこれに和《わ》しました。

たちまち板屋根の上で、ガラガラガラと云う物凄い音が聞え、それが一方の端から一方の端まで渡って行《ゆ》きました。と思うと、寂《しん》として谷へ颪《おろ》す風の音ばかり。もう済んだかと、一人二人が暗い中で怖々《こわごわ》頭を擡《もた》げにかかると、急にまた絶壁に懸っている

窓の戸にバサバサ、バサバサと、正しく天狗の羽搏きらしい音が聞えました。

こうすることが二度三度、一同は魂も身に添わず、一心に数珠を揉んで繰り返し繰り返し祈っていると、そのうちに頭の上に当って物凄い声がこう叫びました。

「罪もない猪作親子を西覗きから突き落した極悪人の角蔵う、極悪人の角蔵う！」

皆《みんな》はわっ、と平伏《ひれふ》しました。

「もうええだ、もうええだ」と室《むろ》の主人《あるじ》の言う声に、人々が吾に返って頭を挙《あげ》ると、いつの間にか洋灯《らんぷ》が点《とも》っていました。

皆《みんな》の眼は直ぐ一斉に角蔵に注がれました。角蔵は微暗《ほのぐら》い光にも分るほど顔色を真蒼にしていましたが、それでも唇に冷笑《せせらわらい》を浮べておりました。

「角蔵どん、お前《めえ》、覚えがあるかね？」

小屋の主人《あるじ》が鋭い声で言いますと、

「馬鹿あ言わねえものだ、俺《おら》が何で、猪作に恨《うらみ》がある？」

こう言って角蔵は凄い眼で周囲《まわり》を見廻しましたが、丁度その正面にある雨戸がガラリと開《あ》いて現れた白いものに、眼を凝らすと、急に「あッ」と叫びざま飛び立って、直ぐ横手の窓を引き開《あ》けるが早いか、角蔵は戸外《そと》の闇へ身を躍らせました。入口にしょんぼり立っていたものは、白い行衣《ぎょうえ》の猪吉でした。やがて皆《みんな》が窓に集《あつま》って、怖々《こわごわ》外を見下《おろ》した時には、ただ白雲《しらくも》が、谷の底に寂々《しんしん》とよどんでいました。

追剥団

──では中禅寺湖の主にでも見込まれたと諦めて、お話をしましょうかな。

(こう言って若い××教諭が宿の縕袍《どてら》姿で、釣ランプの下にむっくり立ち上ると、大広間にぎっしり丸い頭を寄せ集めていた幾百名かの学生は、一度にドッと拍手喝采《かっさい》した。日光から足尾へかけての修学旅行の第一夜である。)

一体宿世《すぐせ》いかなる悪業か、修学旅行の晩というと、我輩は必ず一席弁じさせられる。やっと諸君にも晩飯を済まさせた、これからは些《ちっ》と寛いで、こっちの身体に復《もど》ろうと、縕袍に著換えるか著《き》換えぬうちに、もう廊下の外で時ならぬ蛙鳴蟬噪《あめいぜんそう》が始まって、「××先生」「お話して下《くだ》さい、××先生《せんせい》」すると、室内《なか》からも心がけのよろしくない人達が「どうだね君、毎年の嘉例だ、何か話してやってくれ給え」と追い立てにかかる。こう腹背敵を受けては、小楠公ならざるも、××先生、何とかせねばならぬ逆境に立ち至って、今夕もおめおめとここに起立した次第であります。

閑話休題、今日諸君は宇都宮で日光線に乗り換ると、間もなく車窓の左手に当って神寂《かんさ》びた鉾杉の並木の起るのを見られたでしょう。あの並木はあれから鉄路に沿って、蜿蜒《えんえん》数里の間に連り、日光町の入口に来て漸く姿を消しております。汽車中でも、或る諸君には説明したことですが、あれは旧奉幣使街道と言って、東照宮へ幣《ぬさ》を奉る勅使が通行した街道です。そしてあの杉並木は、東照宮創建の際、諸大名が贄を競って石燈籠や銅《あか》の鳥居を奉献した中に、〇〇の守《かみ》という貧しい大名が、諸侯の冷笑をこともせず植込んだその杉苗の生長した物であります。星移り物変り幾星霜、今日に至っては、それがあの立派な杉並木となって、日光の関門として重要な役割《ロール》を勤めており、汽車の通じてなかった頃日光を見物した外国人、例えば有名なピエエル・ロテイというような文豪も、皆あの杉並木の偉観と、その大名とを讃嘆して止まなかったそうです。

と、ここまでお話しして引下ってしまっても苦しうない訳ですが、いよいよ本筋に入ることにしましょう。

この話の主人公はさる老人の実業家と、その友人で、時は未だ日光線が通じていなかった明治二十年代の或る夏、場所はあの奉幣使街道で、吾輩がその老人から直接に聞いた話ですから、毛頭嘘偽《うそいつわり》はありません。

当時この二人は東京○○中学の学生だったそうで、書生時代には誰《たれ》しも試《や》ってみたい無銭旅行に出かけた帰途《かえりみち》に、日光から今市へ夜行することとなったのです。――以後《これから》「私《わたし》」と一人称で呼ぶのは、その話の当人であると思って戴きたい。

……当時の奉幣使街道は、未だ日光参詣の正路であっただけに、昼のうちは俥《くるま》や駕《かご》や人馬の往来が相応にあったに相違ありませんが、しかし日が没《く》れたとなると、その淋しさはとても今日の比ではありません。それにあの昼なお暗き杉の並木です。夜がけて今市へ下る、または日光へ上《のぼ》る旅人は、余程の剛胆者でなければ、殆んど三町と草鞋が運べなかったと言います。それに、当時、あの街道は殊にも物騒で、追剝《おいはぎ》が出た、旅人が行方不明になったと言う噂が専ら行われていて、日光町の一膳飯屋の亭主が、「書生さん、あんまり向う不見《みず》ですよ、明日になって立ったって同じ《おんな》じゃありませんか」と、口を酸《す》くして忠告してくれた位です。

しかし私達は、東京へは定《きま》った日までに是非帰る必要があったし、それに例の客気《かくき》で、「なあに、あべこべに追剝から貸して貰うさ」位の大口を叩いて、夜の十二時頃、日光の町を出発しました。ただ、何かの場合の用心にと、二人とも飯屋で竹杖を切って貰いました。

その晩は昼のような月夜でした。八月ももう末近くで、虫は雨の降るように鳴いている。一町も来ないのに、もう浴衣はじっとり露に湿っていました。しかし道は町を出《で》ると、直ぐ、あの雲突くような杉並木に入りました。真黒な大木の影と、青白い月光との描く異様な縞が、幅の狭い街道のどこまでも続いて、行手を透《すか》すと、何か怪しい迷宮の奥へでも入って行《ゆ》くような無気味さを感ぜずにはいられませんでした。

それでも二人は、互いの勇気を頼りとして、ずんずん並木の奥へ入って行《ゆ》きました。時たま大きな声で詩吟を行《や》ると、杉の梢で寝鳥がばさばさ騒いで、私達の声がまた何とも言えない淋しい谺《こだま》となって、並木の奥へ消えて行《ゆ》くのです。

ものの十町も来たと思う頃、時刻にしたら十二時見当でしたろう、ふと友人が声を低めて、

「見給え、人間じゃないか？」

こう言ったので、私も行手を見ますと、なるほど、行手の道の真中に、月の光に烟って人が立っている様子です。

私達はちょっと思案しましたが、多少剣道の覚えもあったものですから、そのままつかつか近づいて行《ゆ》きました。果《はた》して人です。雨も降らないのに簑を着、笠を冠《かぶ》って、手に杖らしい物を持っていました。

傍まで行《ゆ》くと、向うからその男は声をかけて、

「今市へ下んなさるかね？　俺《わし》も夜道をするだが淋しくてなんねえで同伴《つれ》にしておくんなさいね」と言うのです。

笠の蔭に仄見える顔は、農夫らしい朴訥《ぼくとつ》な顔だったので、二人とも油断はないながら、先ずはと安心して、同行することになりました。その農夫は四辺《あたり》へ響くような高《たか》声《ごえ》で夏は夜道に限ることだの、夜明までにはゆっくり今市へ着けることだのを話し話し歩きました。

そうこうするうちに、今度は右手の小径からまた一人、頬冠《ほおかむり》をした、これも杖らしい物を突いた農夫が出て来ました。同じく「道連《みちづれ》にして貰いたい」という頼みで、前

の農夫とは知合でもあるらしい口振でした。しかしこの男の頬冠《ほおかむり》の奥で光った目色を見た時には、私は思わず、肘で隣りの友人を突きました。すると、友人も合図に肘で小突きました。

二三町行くと、また一人、今度のも、やはり簑笠姿で、念入りに鍬を担いでいるのです。「この先の宿場まで行《ゆ》くだが連れにしておくんなさい」こう言って頼みました。どうも言い合せて行《や》っている所業《しわざ》としか思えません。どうせ私達には五円そこその金——無銭旅行といっても万一の用意金はありました——それが入っている巾着を私が内懐《うちぶところ》に入れているだけのことですから、仮令奪《よしんばと》られたにせよ大したことではありませんが、なまじ竹刀瘤《だこ》の出来ている二人だけに、妙な武者振いが起って来て、まさかの場合にはこの竹杖で打《たた》き伏せてくれようという元気が、以心伝心で二人の胸にあった訳です。

杉並木はいよいよ深くなって来ました。木の間《こま》から青い滝のように注ぎ下る月光も、余程の間《あい》を置くようになって、蔭の処では、人の顔もろくろく分らぬほどの暗さです。そういうところにかかると、二人は、互に肘を突き合って警戒し奨励し合っていました。

　すると、とある月の縞に出た途端、笠を冠《かむ》った一人が突如《いきなり》歩き出して、前に立ち塞がりました。月光に歴々《ありあり》照らし出された兇相――確かにこの言葉が適切と思われる位の凄い眼光と面魂《つらだましい》で、私達二人をじろりと睨《ね》めると、

「やい」と言いました。

　他の二人は私達を両側から挟むようにしました。「そら来《き》た！」と思いましたが、案外私は――友も恐らくそうでしたろう――落ち着き払って、そこに立ち停りますと、

「やい」もう一度その男は言いました。「何にも言わなくても分ってるこんだ。俺達は追剝だぞ。懐中物《けえちゆうもの》をそっくりこけへ出しちめえ」とんだ百姓訛りの追剝ですが、その時は余り笑った義理じゃありませんでしてね。

「懐中物って、僕等は無銭旅行の学生だよ」いつのまにか私より一歩前へ出ていた友は案外しっかりした声で挨拶しました。

「無銭旅行？　おい無銭旅行だとよ」前の男がこう冷笑《せせらわ》うように言って、他の二人に言いました。

「へへ、書生っぽの定《きま》り文句だてばよ」一人の奴が言いました。「東京まで、何が一文なしで行けることかよ」

「だって、ない袖は振られないよ。金がないから、こうやって夜行をしているのだ」今度は私が言いました。

「駄目を吐《こ》くな。どうしてもねえと言うなら素裸にして検《しら》べる分のこんだ」こう言って、前にいる男は落ち着き払って往来の真中に蹲踞《しゃが》みましたから、私達も、そうしました。他の奴等もそうしました。

これから、「有る」「無い」で押問答がかなり続いたと思いますが、その間に私は、いるところが暗いのを幸い、内懐の巾着をそっと下へ辷らして、後に廻し、あの辺特有のほこほこしている埃土《ほこりつち》を手で引っ掻いたなかへ、これを埋めてしまいました。ここらの話はちと仮作話《つくりばなし》めきますが、夜汽車の窓からでもあの杉並木を覗く折があったら、これが有り得《う》べきことと合点されるでしょう。

そうして金を埋めてから、私は四辺《あたり》へ目を配って、目ぼしい木振《きぶり》を頭に留めました。――漠とはしていましたが、後で、これを取りに来るのだという予感があったのですね。

そのうち、蹲踞《しやが》んでいた友人が何か大声で叫ぶと、もう立ち上って、竹杖で前の男を笠の上から力任せに打《たた》いていたのです。

「やったな！」と思うと、私ももう跳ね起きて、棒を揮って右だか左だかの奴を敵手《あいて》に格闘していました。

友人に擲《なぐ》られた男は不意を行《や》られたので、臀餅を突いてちょっと起《た》ち上れないようでした。それで、もう一人の奴が、友に打ってかかったようでした。

こうして月下の活劇――確かに目玉の尾上松之助の出る場面《シーン》です――それが目覚しく進行している間に、僕が真向から打ち落した杖が他愛もなく半分けし飛んだので、気が附くと、敵が斜に構えているのは、月光に氷を誑《あざむ》く大刀《だんびら》ではありませんか。

「危い！　抜いたぞ！」私は半ば夢中で叫ぶと、もうどんどん元来た方へ逃げ出しました。直ぐ後を慕う足音、走りながら振り返ると、それは友人でした。暫く来て、もう一度振返ると、追って来る追剝どもは二三町も間が離れました。――これは簑や笠を脱いでいたために、遅れたものらしいのです。

「横へ逃げ込んだ方がいい。そして、森の中へでも、隠れた方が……」喘ぎ喘ぎ友人が叫ぶので、私もその気になって、急いで並木から左の雑木林へ飛び込んで、その中を掻き分け掻き分け、歩いているうちに、やがて、かなりに広い耕地のような場所へ出ました。

そこには木立がちょっと切れて深夜の月光が溜まったように冴えていました。二人は、これからどっちへ抜けようかと、わくわくしていると、ふと、その出外れに半ば月に面した小さい堂があるのを発見しました。

友人は暫く耳を澄していてから、

「もう大丈夫だろうよ。この中に入って夜の明けるのを待とうじゃないか」

こう言って、もう狐格子を開《あ》けて中へ入って行《ゆ》きました。私も、後から入りました。戸を旧《もと》通りに閉《た》てると、西へ廻った月の光は格子の上半部の影をくっきりと横手の板壁に落しました。正面には石の庚申塔が蔭になって立っていました。

「言わ猿、見猿、聞か猿だ。これで助かったね」私は言って、床《ゆか》の上にどっかと腰を落すと、急に疲労《つかれ》と冷気が、沁々感じられて来ました。

「もう大丈夫だよ、少し眠《ね》て行《ゆ》くかね、そのうちには夜も明けるから、しかし彼奴等《あいつら》をまいてやったのは痛快だな」

こう友人は言ってから、立てた膝を抱えて、もうこくりこくり始めた様子です。私も同じようにしましたが、今までの経験を思うと、なかなか目の合うどころではありませんでした。

そうしてうつらうつらしているうちに、時がどの位経ったか、先ず小一時間もしたと思う頃、私はふとわやわや言う人声を耳にしました。

「おい、人が来たようだよ」

私は友人を起しました。

すると友人も眠っていたのではないとみえて、

「うむ、やはり夜道をして来た連中だろう」こう言いましたが、「けれど……こっちへ来るらしいね」

「確かにこっちへ来る」

「少し様子を見ていよう。こうして格子の裏《うら》に貼りついていれば、まるで月の蔭になるから外からは知れやしない」

そう言って二人が格子の方へ膝行《いざ》り寄っているうちに、そのわやわやいう人声は、ついい、耕地の縁まで来たらしいのです。

「どこへ逃《に》げやがったろう」

この声を聞いた時の私達の気持が分りますか？　何か大きな物が胸へドキンと当ったような気がしました。

「折角の鳥を逃しちまった。畜生め」

こう言っているのは先刻《さつき》の三人のどれかに相違ありません。わやわや言う声の様子では、確かに十四五名はいるらしいのです。

「親方、この辺に隠れていねえかね」

私は友人の身体が顫えているのを感じました。否《いや》、私のからして顫えていたのです。歯のガツガツ鳴る音、それがはっきり狐格子の間から外へ抜けて行《ゆ》くように思われて、一所懸命喰い縛れば縛るほどいよいよ胴震いが激しくなるのです。

「あの庚申様あたりには隠れていめえかね？」誰《たれ》かが言いました。私は思わず、友人に獅噛《しが》みつきました。そして身体中耳にして、次の声を待っていました。

（××教諭は、宿の番頭の持って来て置いた洋杯《コップ》の水をごくりと呑んだ。生徒達は目を輝かせて、熱心にその脣の動くのを待っている。）

「何よ、彼奴等《あいつら》臆病者だでこの辺にまごついているもんでねえ、滅茶苦茶にこの森の奥へでも潜《もぐ》ずり込んだに違えねえ。ここらで遅《ぐず》ついてると、それこそ鳥に逃げられちまうだ。さあ、この奥へ手を分けて踏ん込め」

こう言ったのは、確かに追剝の大将の声に相違ありません。底太い声ではっきり私達の胸板へ響きました。それでまたもや、わやわやとそれから奥へ入り込んで行《ゆ》くらしい様子でした。

友人が、亀の子のようにおずおず頭を持上げにかかったので、私も頭を起して、狐格子の下の列から、声のした方を覗いてみました。――濛《もう》と烟《けむ》る月光の中に犇めきながら森の中へ入って行《ゆ》く輩、夜目にははっきりとは分りませんが、簑笠姿を混ぜて大方農民風の男女が十五六人、はっきり分ったのは、月に燦く鎌鍬や刀らしいものでした。

暫くして私達二人の見交した顔！　月の光に照らされたせいもありますが、まるで死人でした。

二人はそうして暫く無言でいました。取りとめもない感情が各自《てんで》の胸を往来していました。この二人と庚申堂を取り籠《こ》めた外は、まだ青い月の光と、降るような虫の声音とばかりでした。

「これからどうする?」私は低声《こごえ》で言いました。「いずれ彼奴等《あいつら》は引返して来るよ。すると……」

「うむ、それを考えているのだ。……どうだね、この堂の縁の下に潜《もぐ》ろうよ。彼奴等《きやつら》、きっとこの堂へ目を着けるに相違ないから、さあ、一刻も早いがいい」

こう言うなり、友人はもう狐格子を開《あ》けて月光の中へ飛び下りました。私も遅れずに続きました。そして、覗いてみると、堂の縁は前からは入る余地がありません。裏手へ廻ると、こっちからは雑作もなく潜《もぐ》れそうです。

「さあ」こう言うなり、友人は腹ん匐いになって、暗い床下へ、もそもそ這い込みました。私もそうしました。むんと湿っぽい土の匂、顔に纏《まつ》わる蜘蛛の巣、それに蟋蟀《こおろぎ》か何か幾匹も飛びつきましたが、そんなことを気にしていられる場合じゃありません。

暗くて頭の低いのが何よりも安全に感じられて、二人はべったりと地面に吸いついていました。

生れてから夢にさえ見たこともない経験です。しかもこれが果して無事で納まるかどうか……もし執念深い追剝共が戻って来て、あの中の一人でもが、「この縁の下は?」と疑いを発したら、それで万事は休するのです。足を摑んで、ずるずる引き摺り出されて……いやそれとも外から抜身の刀を突っ込まれて……こんな怖《おそろ》しい場合を描き出して、私はまた、歯の根をがくつかせていると、

「しっ!　来た!」友人が低い声で叱ったので、私は思わず身体を摺り寄せました。正しくそうです。虫の声を踏みつけるようにして、また、幾人かの足音と声とが近づいて来たのです。

「忌々《いめいめ》しい!」こういう声が聞えました。

「久しぶりで陥《かか》った椋鳥を勿体《もつてえ》ねえことをしてしまった」

こういう声も聞えました。

縁の下からは、月の空地《くうち》に影を運んで来る足が幾本か見えました。逞ましい素足に、

大方草鞋を穿《は》いているようです。これがやがて堂の前まで来て停《とま》りました。私達の胸はお互いにはっきり聞きとれる位早鐘を打っていました。

「巧く逃げやがったものだね」

それは女の声でした。私は拳を握らずにはいられませんでした。

「けれど、後へは帰《けえ》らずと、この先は嚢《ふくろ》みてえなのだから、どこかに潜《もぐ》ずっているに違《ちげ》えねえのだがなあ」一人が独語《ひとりごと》のように言いました。やはり先刻《さつき》の三人のどれかでしょう。

そうして口々に何か言っているうちに、ドシンと堂の縁に登った足音がしたので、思わず私は息を呑みました。続いて、狐格子が開《あ》いて、私達の直ぐ頭の上に土足が踏み込んだ様子です。

「畜生！」直ぐ暴々《あらあら》しい声が聞えました。同時にカランと外へ投《ほう》り出した物――正しく、私が堂まで持ち込《こ》んだ竹杖です。「今し方まで堂に入《へえ》っていやあがっただ。燐寸《マッチ》まで落ちていらあ！」

また、二人ほど堂へ入りました。

「すると、先刻《さつき》ここを通った時分にゃ、未《まん》だ隠れていただね」

「そうとも、俺達《おれつち》の話を聞いていやがっただ」

「だから、俺《おら》が、あの堂が怪しいと言っただ」下の一人が不平らしく言うと、それを圧しつけるような親分の太い声音で、

「何を言うだ、今になって！　さあ引き上げろ。夜が明けると面倒だに。皆《みんな》、ここから帰《けえ》ってくれ。初めの三人だけ残るとして」と言いました。

私達は、縁の下でこれを聞いて、思わず安心の息を吐きました。そして、嬉しさの余りでしょう、やはり大将は大将だけのことはあると、感心してみたいような気分になっていました。

こうして追剝共は各自《てんで》に引き上げて行《ゆ》きました。終《しま》いまで残って、何か立話をしていた三人の足も、やがて、ぴたぴたと露を踏んで立ち去りました。しかし私達が縁の下を這い出したのは、それから三十分ほども経って、どこかで鶏鳴《けいめい》が聞えてからのことでした。

「おう、夜が明けた」

そう言って黎明《しののめ》の空に向いて立った友人の顔、――寝不足と、土や蜘蛛の巣だらけになった妙な顔を見た時も、私は未だ笑えませんでした。友人も私の顔を見てから、苦笑《にがわらい》して、自分の顔を筒袖で横撫でしました。

これでお終《しま》いと言ってしまえば、それで市が栄えるのですが、

（と、××教諭は、一わたり聴衆の顔を見廻してから、ちょっと縕袍の懐《ふところ》から時計を出して見て）

まだ土に埋めた財布の始末が就《つ》いていません。事実は小説より奇なので、この念入りな冒険譚は、殆んど空想以上の結末を有《も》っているのです。もう十五分、「私《わたし》」という老人に話をさせて下さい。

私達二人が、それから亡者のような顔で奉幣使街道へ出たのは、一時間も経った後でした。紅い朝日は、鉾杉の間から清々しく射《さ》し込んで、まるで、芝居で見る夜明と云ったような感じです。

路傍の小川の水で顔を洗ってから、着物を着直したりして、いよいよ街道を下《くだ》るこ

とになりました。お互いに何か大事業にでも成功したような、大声で呶鳴ってみたいような、はしゃいだ気分になっていました。

そのうち、私はふと胸を押えて、財布のことを思い出しました。

「あ、君、財布を取って行かなけりゃ」と言うと、

「財布?! あれをどうした?」と、友人が目を円くしました。

それで私は、昨夜《ゆうべ》、追剝三人に強請《ゆす》られた時に、暗闇を幸い土の中に埋《うず》めて来たことを話しました。

「はっはっは、そいつは大出来だった。あの最中に能《よ》くそれだけ頭が働いたな」

友人は、ひどく興に入《い》って、それから並木の路《みち》を注意しながら辿って行《ゆ》きました。

見覚えにして置いた杉の枝振りなどは、どうしても見つからないので、かなり骨を折りましたが、やがて、現場《げんじょう》を発見すると、それをなかにした五人の足跡まで薄《うっ》すりと指させる位でした。

友人は財布の土を叩《はた》いてから、ちょっと推し戴く真似をして、

「久しぶりで五十両、と、定九郎なら云うところだね」と莞爾《にこにこ》しました。

それで二人は思い置くことはありません。無銭旅行二十日、その最後にこんな痛快な経験を得たのが何よりの土産です。早く東京へ帰って、家《うち》の者なり、友人なりへ、話して聞かせたい、どんなに皆《みんな》が驚くだろう、なかなか真実《ほんと》にしはしまい（諸君の中にも未だ真実《ほんと》と信じない人があるでしょう）――

「何か紀念品《きねんひん》を追剝から取って置けばよかったね」

「あの日のギョロッとした親分の刀でも分捕《ぶんど》れば、威張ったものだが」

「はっはっは、それどころか、一番先へ慌てくさって逃げ出したのは誰だい？」

「辻堂の縁の下へ匐《は》い込んだ時の君の腰っ付といったら、まったく写真に撮って置きたかったぜ」

二人は、勝手なことを喋りながら大した元気で、今市へ向って行《ゆ》きました。そろそろ、朝立ちの旅人が女馬《めうま》に揺られて来るのに会いました、私達は、「お早よう」と、元気な挨拶を言いかけました。手綱を取っている馬士《まご》は、二人の姿を不思議そうに振り返りました。二人はなお肩を怒らせて歩いて見せたりしました。

一里も来ると、宿場に間もないとみえて、そろそろ農家が見え始めて、鍬を担いだ男が、畑へ、道を横切るのにも会いました。

「あんな男が胡散《うさん》なんだよ」私は笑いながら言うと、

「うむ、戯談《じょうだん》じゃない、この道の百姓のなかにゃ、夜になるとああして追剝になる奴があるのだから恐ろしいね」と友は言いました。

次の宿場、それが文挾《ふばさみ》だったか、どこだったか、記憶していませんが、その宿場の入口まで来ると二人は急に空腹を感じ出しました。それで一膳飯屋を捜すつもりで、両側に目を配って歩きました。淋しい山間の駅ですが、天気も好《よ》し、ちらほら人通りもあります。

そのうち、ふとむこうから三人連の男がやって来ました。土地の者でしょう、真中の一人は鳥打を冠《かむ》って、古い夏トンビを着ていました。そして、何か頻りと話し話し歩いて来ましたが、五六間前で、夏トンビの男が目を光らせて私達を見たと思うと、急に俯いて、それとなく両側の男に合図でもしたらしい様子です。

「はてな」と私は思いました。そしてじっと目をつけて見ると、もう一度窃《ぬす》み視《み》をした真中の男の目、ギロリと光る目、「ああ、あれだ」と私は心のうちで叫ばずにはいられませんでした。――確かに昨夜《ゆうべ》、あの笠の下で光った親分の目なのです。

それで慌ててその両脇の男を見ると、私達を凝《じっ》と睨《ね》めている目の光が、万事を語っていました。

「君！」

私は、友人の耳に口を持って行こうとした途端に、

「駈足い！」

友人は急に叫んで、いきなり私の片袖を握《つか》むなり、どんどん駈け出しました。宿の人達は何事かと思って喫驚《びっくり》していた様子でした。

一二町駆けてから二人は立ち留《どま》りました。

「分ったのかい？」私が訊きますと、

「分ったどころか」友は答えて、後を振返りました。私も振り返りましたが、もう先刻《さっき》の場所には三人の姿は見えなくなっていました。

「ああ驚いた！」

私は動悸のする胸を叩きました。

「真実《まつたく》だ、しかし……大胆不敵というのは彼奴等《あいつら》のことだね」と友人は太い嘆息をしました。「昼間はあんな堅気な風で歩いてると見えるね」

諸君、これでいよいよ日光街道の追剝の話は結末を告げました。永い間の辛抱でさぞ眠かったでしょう。ただこの話の間に、諸君の或る人々は、辻堂の中から縁下へ潜《もぐ》り込んだ頓智に、大塔宮が般若寺の経櫃《きょうびつ》で生命《いのち》を完《まつと》うされた故事に酷似《よくに》ていると気が附かれたでしょう。吾輩にこの珍しい経験譚を話してくれた老人も、やはり太平記のあの話が暗示《ヒント》を与えたのだと言っていました。だから学校で勉強はすべきもの、特に吾輩受持の国語は勉強すべきもの、という結論に達しますね。ははははは。

これから人員検査があります。それが済んだら温和《おとな》しくお寝《やす》みなさい。中禅寺の夜《よ》半《なか》は寒いからお腹を冷さぬことです。明朝は霜が降っていましょう。それと、黎明《よあけ》に湖面を這う霧の景色を是非御覧なさい。

（急霰《きゅうさん》のような拍手喝采が起った。生徒は一度に立ち上った、「先生、有難う御座いました」「先生明日《あす》の晩もお話しして下さい」などと口々に叫びながら。）

山羊の声

一

晴れた日曜の昼近い頃、勝太《かつた》は同じ中学の新一《しんいち》、久雄《ひさお》の両人《ふたり》と、市街《まち》の直ぐ北に聳えている山の頂に登ってました。

時は春の半《なかば》でした。南に聳えている富士、西境に連なる山脈は未だ白く雪を塗っていましたが、それでも柔《やわらか》い藍ずんだ靄のむこうにうっとりと仮睡《まどろ》んでいるように見渡されました。目の下に群がる市街《しがい》の甍も春日の下に静かに呼吸しているようで、殊にその外を周囲《まわり》の山際まで拡がっている田畑の麦の鮮かな緑、菜の花の黄、蓮華草の紅、そして処々の村落に桃桜の霞んでいる景色は、都あたりの春とは違ったいかにも平和な眺めでした。

勝太と新一と久雄も山の頂に登り着いた時は、汗をぐっしょり掻いて、丸い頰を紅《あか》くしていましたが、ほどなく青い若草の上に腰を下《おろ》して、余念もなく眼下の春景色に見惚《みと》れていたのです。背後《うしろ》は新芽の紫に烟った雑木林で、そのむこうに連らなる松林に渡る風が、時折静かな音楽を伝えて来ました。

「好《い》い景色だなあ、幾度見ても！」と勝太はつくづくと叫びました。

「本当だねえ！」新一が応じました。「だからこの国から巧い画家が出ないって法はないと思うよ！　こんな綺麗な景色が立派に画《か》けりゃ、帝展なんかどんどん通って一遍で偉くなれるんだ。つまり僕がそうなるんだ、なって見せるんだ！」

新一は帽子を阿弥陀に冠《かぶ》って頭を後方《うしろ》へ反らせて、言い放ちました。

「是非そうなり給え」今度は久雄が言いました。「画《え》なんてものは天才でなけりゃ駄目だって先生が言ってたね。君は確かに画が巧いんだもの。……そして、僕は植物家になるんだ。こんなに綺麗な国でも周囲《まわり》の山にゃろくな樹木がないんだぜ。夏、雨が四五日も降ると、いつかみたいな大水になるね、あれは山抜《ぬけ》って言って、樹木がないから起るんだそうだよ。だから、僕は植物のことを調べて、山へうんと樹木を植えるんだ」

「君は何になるの？」新一は勝太の横顔をふり向いて言いました。

「俺かい？」勝太はじっと春の空を見やりながら、

「俺はどうせ苦学してるんだけど、……やっぱりやって見たいことがあらあ。そりゃね、お寺を建てることなんだよ」

「お寺《てら》⁉」新一と久雄は異口同音に叫びました。

「ああ、お寺だ。今いるお寺の倍の倍もある大きなお寺をあすこの山の下へ建てて、どこからでも見えるようにするんだ」

こう言って勝太は東境の山脈の麓の辺を指しました。

「あすこって、ああ、君の生れた村はあの辺なんだね？」新一は頷いて言いました。

「ああそうだよ」勝太は頷きました。「俺の村なんだ、俺の小学校もあすこにあるんだ。あすこには元大きなお寺があったんだよ。それが俺がいなくなる前に焼けたんだ」

「どうして！」久雄が口を出しました。

「知らない！けれど、それを……」勝太は唇を強く噛んで、「俺の阿父《おとっ》つぁんのせいにして、俺達は村を追払われたんだ」

「酷いなあ！何故なんだろう？」新一は口の中で呟いて、久雄と顔を見合せました。

勝太は未だぼっと自分の村のあたりを見詰めながら、独語《ひとりごと》のように言いました。

「なあに、阿父《おとつ》つぁんがお寺に勤めていたからなんだ。あんまり真正直だったから讒《ざん》言《げん》されたんだと納所《なつしょ》さんが言ってた」

「今どこにいるの？」

「金をうんと拵《こさ》えて来て村の奴等を見返してやるって言って、ここへ一晩泊ったきりでどこかへ行っちまった、もう年取ってるんだけど……」勝太の大きな目からはホロホロ涙の玉が零れ落ちていました。

勝太は孤児《みなしご》で、今借りている麓の寺の裏座敷に唯一人暮しているのだと許り思っていた新一と久雄とは、初めて今そうした父親のあることを知って、両人《ふたり》共目を伏せて暫くは無言でいました。

「だから、だから、畜生！」勝太は昂奮して握り締めた拳を顫わせながら、「今に、今に見ろ、あの四ツがけも五ツがけもあるでっかい寺を建てて、村の奴等に復讐してやるんだ！」

新一の目には、勝太の二畳の部屋にいつか転がっていた小い家《うち》の模型が浮び出ました。「俺は大工さんが好きなんだよ」と言った勝太の言葉も思い出されました。「そりゃ本当に気の毒だねえ」新一はしんみりした声で言いました。「きっと、君、成功し給え。人間は決心一つだってこのあいだも聞いたろ?」

「そうだとも、決心一つだよ」涙ぐんだ久雄も勝太の横顔を見詰めて言いました。

「ねえ君、君がお寺を建てる時にゃ、僕が素晴しい材木を送ってあげるよ」

「そうだ、そうすりゃ僕はそのお寺の天井や壁に立派な画を描くぜ」

新一も力を籠《こ》めて言いました。

「有難う!」勝太は両人《ふたり》の方へ向き直って目を輝かせながら言いました。「なあにきっとやってみせるとも、そうしたら見物に来てくれ給え、どこにいても!」こう強く言い切ると、急に聞耳を峙《た》てて、「ああ鐘が鳴ってる! 悪いことした。和尚さんが代りに撞《つ》いてるんだ。それに髯吉《ひげきち》も腹が空《へ》ってるだろう」

「そうそう、今日は山羊を見せて貰う約束だったね」

久雄は言いました。そして三人とも若草の原から立ち上りました。

二

降りる路は山の裏側の草叢のなかを迂《うね》っていました。三人はもう先刻《さつき》までの湿った気持を忘れてしまって、威勢好《よ》く軍歌を唱ったり、喋舌《しやべ》ったりしながら降りて行《ゆ》きました。目の下には、この山懐《やまふところ》に抱え込まれている市街の一部が暖かそうに見下《みおろ》されました。そのなかに草葺屋根の鐘楼が一段高く見える桜の満開の寺、それが勝太の厄介になっている寺でした。

路が緩くなり山裾の往来を行《ゆ》く人達の姿がはっきり分る時分のことでした。先に立っていた勝太は、ふと立ち止って、

「おかしいな、今《いま》こっちの方で（と左の方の人家を指しながら）羇吉の啼声《なきごえ》が聞えたようだったけど」と言いました。

「だって羇吉はお寺の裏の囲いの中に飼ってあるんじゃないか」と新一は言いました。

「ああ、あすこしか出したことはないんだ。……けれどこの辺にゃ山羊なんか飼って

る家《うち》はないんだ。牧師のロバート先生がここにいた時分に飼ってた、それが髯吉で、それをまた俺が貰ったんだもの」勝太は言って、

「それ、また嘶《な》いてるぜ！」

そう言えば、新一と久雄も静かな町家《まちや》の間から山羊の異様な声の聞えて来るのを耳にしました。

「じゃどうするの？」新一は問いかけました。

「お寺へ帰る前に、あの山羊を見て来ようや、もし髯吉を盗まれでもするとロバート先生が、この乳を搾《しぼ》って学資の足しにしろと言ってくれたのが、何にもならなくなるもの」

そう言いながらもう勝太は、路をとっとと降り始めました。

「そうだ、先生に済まないね」新一も言って、久雄に遅れずに尾《つ》いて行《ゆ》きました。

往来へ出た三人は、勝太を先に直ぐ山羊の声の聞えた辺りへ足を向けました。そこかここかと家《うち》と家《うち》との間の空地を覗いたり、細い路次の奥へ入り込んでみたりしました。しかし先刻《さつき》の声はあれきり途絶えてしまいました。静かな裏町を豆腐屋が眠そう

な喇叭《らっぱ》を吹いて行《ゆ》く声だけが聞えました。

そのうち今度は三人が三方に別れて捜すことになりました。が、勝太と新一とがそれぞれの方向へ歩き出すとまもなく、両人《ふたり》は久雄に呼び返されました。振向くと、久雄は往来の真中に立って、手を挙げて「おいで、おいで」をしているのです。その前には小さい子供が二人立っていました。

両人《ふたり》が駆け附けると、

「この向こう裏にいるって、この子が言ったんだよ」こう久雄は言いました。

「どこの家《うち》だい？」勝太が言うと、

「大工の家《うち》だよ、松さんて。いつでもお酒を飲んでる老爺《おんじい》だ」

勝太はこれを聞き捨ててつかつかとそこの路次へ入り込みました。と、直きまた、

「ひひひひ」と言う山羊の声が聞えました。

「髯吉だ」勝太は低い声で言って、途中から足音を忍ばすようにして路次の外れまで来ると、そっとその奥を覗き込みました。

小さい一軒立《けんだち》の裏の空地に山羊が一匹、物干柱に繋がれていて、時々頸玉《くびだま》の鈴をカ

ランカラン鳴らしていました。

勝太は無言で新一にそれを指《ゆびさ》してから、やがてその家《うち》へ入って行《ゆ》きました。新一と久雄とは戸外《そと》に残って、四辺《あたり》を見廻していました。

三

入口の土間に立って古障子をガラリと開《あ》けると、勝太は微暗《ほのぐら》い狭い部屋を見出しました。その半分程は板敷になっていて、むこう向きに一人の老人が背を丸くして、函のような物を鉄槌《かなづち》で叩いていていました。

「ごめんなさい、ごめんなさい」勝太は二度ほど声を掛けました。

しかし老人はそれが耳に入らぬらしく、なおもトントンやり続けていました。

勝太はまた大きな声で、「ごめんなさい」と呶鳴りました。すると、初めて老人は眼鏡の顔をこっちへ向けて、

「ほう、何か用かね?」と年にも似合わぬはっきりした声で言いました。面長などこ

かきびきびした顔貌《かおかたち》ですが、鼻の頭は赤くて、この昼中にさえ酒の酔いが廻っているらしいのです。

「あの、山羊ですがね」勝太が口を開《あ》きかけると、

「山羊《やぎ》？　ありゃお前《めえ》のかね？　そんなら持って行きな。入口に繋いであったろ。けれど、気を付けてやらなくちゃいけねえ、この外で、もうちいっとで大犬《おおいぬ》に喰《くら》いつかれるところを助けといたんだぜ。こう囲いでも丈夫に拵《こせ》えてねえのかね？」

「拵《こさ》えちゃあるんだけど……」勝太は口籠《ごも》りながら老人の顔をつくづく見ていました。この辺では珍しい歯切れの好《い》い言葉附きに喫驚《びっくり》してしまったのです。そして見るともなく四辺《あたり》を見ると、一方の壁に神社か寺の大きな下図が三枚ほど貼り附けてありました。

「用が済んだらさっさと帰《けえ》ったらどうだね」老人はまたきびきびした声で言いました。

「ええ、どうも有難う、叔父さん」

勝太は丁寧に頭を下げて置いてから、「叔父さん、あのお寺やお宮みたいな物は叔父さんの拵《こさ》えた図なの」こう言って壁の図面を指しました。

「ほう、これかね、妙な物が目に留《とま》ったの。まあ俺が若え時《わけ》に拵《こさ》えた建物の下図さ、つまらねえ！」

「じゃ叔父さんは、普通《なみ》の大工さんとは違うんだね」

「ハッハ、飲んだくれのところがよ。けれど土地者たあちっとは違うかね、こう見えたって江戸だからね」

「何をお前さん、昼間からつまらない管を捲いてるんだね」こう言った声に気が附いて勝太が振向くと、背後《うしろ》にやはり勝気らしい老婆が立っていました。

四

前のことがあってから半月の間に勝太の姿は七八度も例の路次を出入《ではい》りしました。そうしてはいつも酒に酔っている、或る時は徳利を前に引き附けている松さんの気焔《きえん》を感心して聴いていました。――その気焔《きえん》も初めはなかなか出なかったのですが、勝太が、山の上で友達に話した通りの身の上と、希望とを打明けて、老人が「偉《えれ》え、感心だ！」と膝を叩いた時から底を割って出るようになったのです。

「その年でよくそれまで腹を据えたもんだね、大人でも恥しいよ。俺だって腹さえ確かなりゃ、こんな山猿の国まで流れ込んで叩き大工《でえく》なんぞに零落《おちぶ》れやしねえのさ。ほら、あの図の寺や宮は俺が五十人、六十人の野郎たちを使って拵《こせ》え上げたものさ。江戸、いんや、東京へ出たら上野の大雲寺って寺へ行ってみな、釘一本使わねえ独楽堂ってえのがあるが、あれも俺が建てたので、いつかの嵐に方々の寺が潰れた時でも貧乏揺ぎもしねえのさ。お前《めえ》も是《ぜ》っ非《ぴ》立派な寺を立てて、その村の猿共の目を転《でん》ぐり返《かえ》らせるこったぜ」こんなことを言い出しては、老人はお女房《かみ》さんに叱られて、にやにや笑っていました。

しかし或る時、勝太が種々《いろいろ》行末を心細がって、いっそ弟子にして欲しいと頼みました時は、松さんはいつもになく厳《いかめ》しい顔になって、

「お前《めえ》も案外《あんげえ》心細い人間だな。俺達より学問がありながらその位《くれえ》のことが分らねえかね。ただ腕一本で仕上げた大工《でえく》と、ちゃんと学問があって理窟の分ってる建築師とどっちが偉《えれ》えと思うんだ。第一《でえいち》、偉《えれ》えものになれとって、山羊の髯吉かい、あれをくれ

てった異人にも済むめえ」こう言って古畳を叩いて意見しました。

五

やがて臨時試験が来ました。その忙しさで、勝太は一週間程老人の家《うち》を訪ねずにいました。

ところが、或《あ》の日、学校から寺へ帰ると寺の和尚さんが門に待っていて、「先刻《さっき》、大工さんのところから使が見えての、何でも病気が悪くてお前に会いたがってると言うことだ。早く行って上げたらよかろう」と言いました。

勝太は顔色を変えて半《なか》ば夢中で駆け出しました。

いつもの路次を入って、そっと土間から上ると、見窄《みすぼら》しい蒲団のなかに松さんは苦しそうに呻いていて、いつも元気の好《い》いお老婆《ばあ》さんも目を泣き腫《はら》して、しょんぼり夫の顔を覗き込んでいました。

側にはでっぷり肥《こ》えた洋服の老紳士が一方の枕許に坐っていました。それを勝太は医者だと思いました。

「おお貴方でしたか。松ももう駄目でしょうよ、さあさあ会ってやって下さいまし」

老婆はこう言って少し身を退《じさ》りました。勝太はもう胸を一杯にしながら老人の側へ寄ってその顔を覗きました。

松さんはどんよりした目に勝太の姿を認めて唇許《くちもと》を綻《ほころ》ばせましたが、その瞳を側の老紳士の方へ動かして、口をもごもごやりました。

「よろしい、分りましたよ」と紳士は言って、勝太の方へ向って、

「君には初対面だが、私《わたし》はこの人の義弟でね、今度漸う行方《ようよ》を知らされて死目に会いに来ました。君の感心な話も義兄《あに》から聞いて、是非希望《のぞみ》を貫かせて上げたいと思います。家《うち》には学生を三四名預かっているから」と勝太に言いました。

「それでも小父《おじ》さんは……助かりませんでしょうか？」勝太は目に涙を一杯溜めて尋ねました。

「さあ、今県病院の博士が帰られた許りだが、長年の大酒でもう胃が形《かた》なしでね、まず危かろうと言うのです」

こう答えてから紳士も黙然と松さんの顔に見入っていました。松さんの目も紳士の顔を離れずにいました。勝太は唇を喰い緊《しば》って俯いていましたが、熱い涙がポタポタ古畳に落ちました。

一週間の後、勝太は老紳士とこの山国の都会を立ちました、――東京へ。停車場の見送りには和尚さんと、新一、久雄、同級の友人達、それに松さんのお女房《かみ》さんもおりました。勝太の鞄には松さんの図面が大切に畳まれて入っていました。

「では、髯吉を可愛がってやって下さい！」汽車が動き出した時、勝太は松さんのお女房《かみ》さんにこう言い残しました。

雪の宿

一

……そういう訳でね、町田と小島と僕とは半分は雨に悩まされながらも、ともかく予定通り富士裾野一周を畢《おわ》ったのだが、ただ一つ最後の日だけは吉田から大月へ出て帰京する筈だったのを、急に河口湖を彼方《むこう》――つまり富士と反対の側へ渡って大石峠を越し、石和《いさわ》へ出て汽車に乗ることに定《き》めたんだ。これについては、大石峠の絶頂から富士山と河口湖の風光とをほしいままにしようという思惑もあったのだが、主としてこれから話すような、いわば、気まぐれな事情から起ったのだよ。

雨の河口湖を渡って船津に泊った晩のことだが、もうこれが旅行の最後の晩だというので、僕等は妙に昂奮してね、永いこと暗い洋灯《ランプ》の下で五日間の追懐談に耽っていたんだ。戸外《そと》は相変らず雨がざあざあ降っている。雨戸の直ぐ下ではどぶりどぶりという波の音が聞える。夏らしくもない随分淋しい晩なんだ。だから三人はなおさらお互に人懐っこくなっていたんだね。

するとが小島がね、四年ほど前の冬その辺をたった一人で旅行した時のことを話し出したんだ。君達も知ってるだろ、あの男は元来《もと》甲府の中学から転校して来たんだがね、その話はそこの中学のまだ一年生の時だったというんだ。今でも随分度胸の据っている男だがね。夏だってろくろく人影を見かけなかった富士の裾野の湖水地方を、しかも雪の日にたった一人で歩いたというのだから驚くよ。これから暫くその話になる。

何でもその時の小島の予定は、甲府を出て精進湖《しょうじこ》、西湖《さいこ》、河口湖を経、大石峠を越えて甲府へ帰るというので、三日目には早朝精進《しょうじ》の宿を立って、その日大石峠も越す積りだったのだそうだ。ところが前の日の夕暮からその朝へかけて大雪が降って、一時天気にはなったが、路の捗《はかど》らぬこと夥《おびただ》しい。

おまけに西湖にかかると富士の方が灰汁《あく》を流したように掻《か》き昏《く》れて来て、またしても雪になった。綿を千《ち》断《ぎ》ったような奴が湖の風に乗って霏々《ひひ》として吹き付けるんだ。大雪小雪に悩みながらとぼとぼと淋しい湖畔を行《ゆ》く中学生の小さい外套姿が、目に見えるようじゃないか。

こんな具合で小島が河口湖畔の大石という村――つまり大石峠の麓に辿り付いたの

はもう午後三時だったそうだ。

大石村というのは、行ってみるとあの湖畔では相応に戸数もある方だが、峠の根方に草葺屋根の家が塊っていて、狭い往来を時々山袴を穿《は》いた人間が歩いている位の辺鄙な山村に過ぎないんだ。小島の行った大雪の日の光景なぞは察しても解《わか》る。どこの家《うち》も深く降り埋《うず》められて、往来なんかむろん途絶えていたに違いない。

二

で小島もさすがに心細い思いをしながら村を通り抜けて、これから峠という辺までさしかかったのだが、ここで路を十分に確めて置かなければ険呑《けんのん》だと思ったものだから立ち留《どま》って地図を調べにかかった、参謀本部の二万分のを。ところが急に後方《うしろ》から、

「お前《めえ》、地図なんぞ見てこの雪に峠を越そうっていうのかね。向う見ずにもほどがあるだ」

と声をかけた者がある。喫驚《びっくり》して振向くと、耄碌《もうろく》頭巾に袖《ちゃんちゃんこ》無と山袴を穿《は》いて、

傘を翳《さ》した親切そうなお爺さんなんだ。小島は、好《い》い人が来た、十分路を正《ただ》してやろうと種々《いろいろ》尋ねにかかると、お爺さん頭から相手にしないで、

「こんな雪にゃ村の者だとてこの峠は越さねえだ。雪が棚みてえに突き出ていて、路だと思って足を踏んばると、深《ふけ》え谷底へ転げ落ちるだ。現にこの春もあったことだに。ま、まあ悪いことはいわねえ、尾《つ》いて来《こ》うよ。ゆっくり火に温《あった》まってから、雪でも小止みになったら案内もして進ぜるからよ」

　こういってもうすっかり説得したつもりで、先へ立って歩き出した。で小島も狐に魅《つま》まれたような風で、ついお爺さんの後に尾《つ》いて行ったんだそうだ。

　村の中ほどまで来ると、古いけれど大きな門構えの家がある。お爺さんはそれを潜《くぐ》ってとっとと雪の中庭を通って母家の方へ行った。そして広い土間へ入って、大きな声で下女を呼んで盥に湯を取らせた。で、小島が草鞋を脱いで足を洗っていると、九つか十位の可愛らしい女の児が出て来て、珍しそうに小島を見ていた。

　上ると大きな炉が切ってあって火がどんどん燃えていた。真黒な湯沸しに湯がぐらぐら煮えていた。もうそれを見たばかりで小島は峠なんぞ越すのは厭になったそうだ。

見るからがらんとした大きな家でね、太い梁や大黒柱や板戸などは皆黒光がしている。このうちにお爺さんが孫娘と下女と三人限りで住んでいるらしいのだ。お爺さんの呼ぶのを聞くと、孫娘の名は、珍しいじゃないか、お兵《ひょう》というんだ。

お爺さんは褞袍《どてら》を小島の後から引っかけてくれる、下女は蕎麦湯を拵えて来てくれる、お兵《ひょう》さんは炉へ燃木《もしき》をどんどん加えてくれる、それで小島は直ぐ頬ぺたまで、温くなって来て、ただもう皆《みんな》の親切に恐縮しちまったのだそうだ。

それから、お爺さんは向う側に胡坐を構えて、太い烟管《きせる》で煙草をすぱすぱやりながら、小島の年や学校や、両親のことを尋ねて、一言聞いては「へへえ」だの、「はあてね」だのって首を振っていたが、そのうちに、

「まあ、まあ温《あった》まっておいで。お兵《ひょう》よ、本など持って来て兄《あん》つぁんの対手《あいて》にならんかい」こういって烟草《たばこ》入れを腰に挿してどこかへ出て行った。

小島は、案内者でも探しに行ってくれたことと思ったが、それにしても短い冬の日が暮れるのも間がないので、炉に温《あた》りながら、そわそわしていた。するとそこへお兵さんが巌谷さんのお伽噺の本を五六冊抱えて来て、小島にこれを読んでくれというの

だ。かしこまって読み始めると、今度は尻尾の恐ろしく長い大きな黒猫が歩いて来て、小島の褞袍《どてら》の中へ潜り込んで、好い気持でごゝろごゝろやり出した。

　そうやって子供と猫の対手《あいて》になりながら、小島はお爺さんの帰るのを待っていたが、どうしてなかなか帰って来ない。そのうち洋灯《ランプ》が点《つ》いて、下女が晩餐《ばんめし》を運んで来た。戸外《そと》は雪明りの夜になってしまった。

　ままよこうなったら無理にでも泊り込むまでだと度胸を定《き》めて、塩辛い乾物《ひもの》か何かで温い飯を食べていると、やっとお爺さんが帰って来た、後に袴を穿《は》いた髯の男と、そうでない男とが両人《ふたり》尾《つ》いて。そして小島を見ると、「山家《やまが》だで何もないよ。まあ今夜は温く寝かすでね」と、とゝから小島を泊めることに定《き》めている様子なので、小島も非常に安心した訳だ。

　飯が済むとお兵さんの案内で湯殿へ行った。雪の降っている庭のむこうにあった。暗い豆洋灯《ランプ》の光で着物を脱いで、据風呂《すえぶろ》のなかにしゃがむと、骨まで溶《とろ》けそうに加減の好《い》い湯で、小島はうゝとりと永いこと首まで漬っていたそうだ。そうやっていて、降ってる雪が窓から黒く見える。雪明りの庭を隔ててぽゝと黄色く燈火《あかり》の滲《にじ》んでる母

家の障子の中で、時々お爺さんと客の笑声《わらいごえ》が聞える。かと思うと、そこの障子が開《あ》いて、お爺さんが、

「湯の塩梅は好《い》いかね。微温《ぬる》くば焚《た》いて進ぜろよう」なんて呶鳴る。

小島は質朴な人達の親切と湯の温味《ぬくみ》とに胸が軟《やわら》いで来て、同時に山幾つかむこうの家《うち》のことなんど思い出して、何だか涙ぐまれて来たんだそうだ。

湯から上って行《ゆ》くと炉端《ろばた》では酒が始まっていた。そしてお爺さんは、「視学さんは何ていっても話は旨《うめ》え」とか、「今年ゃ湖に雁《がん》の来るのが少ない」とか取り止めもない話をしていた。そのうち小島がこくりこくりと始めたものだから、またお兵さんが案内してもう床《とこ》の敷いてあった納戸へ小島を連れて行った。小島は厚い重い床《とこ》の中へ温まった身体を延すが早いか、前後も知らず寝てしまった。もっともお兵さんが裾や肩を叩いてくれたのまでは知っていたそうだが。

三

翌朝《よくあさ》はつい寝坊してしまった。と何だか音が聞えたのでうっとり目を開《あ》いてみるとお爺さんが小島の目を覚ますまいと、そろそろ戸を開《あ》けていたんだそうだ。

それからまたとろとろ眠ったかと思うと、今度は横手にある中障子の、一処《ひとところ》障子の外してある間から、てらてら光る禿頭《はげあたま》がせり上ったり引込んだりしている。何をやっているのかと思って薄目で見ていると、やはりお爺さんの禿頭《はげあたま》で、小島の様子を覗いているらしいのだ。そして遂々《とうとう》そこから顔を出して、

「起きねえかよ、お日様が高《たけ》えだ。峠を越すなあ昼前でなきゃ駄目だぞよ」といいながら中障子をがたんがたん揺《ゆす》ぶったので、小島は慌てて跳《は》ね起きてしまった。

戸外は美しい天気で、雪がきらきら光っていた。

朝飯が済むと、お爺さんは路順《みちじゅん》と種々《いろいろ》の注意を小島に丁寧に教えてくれた上で、孫娘に案内を言附けた。するとお兵《ひょう》さんは縁側に出て大きな声で、

「文《ふみ》やん、杉っ葉拾いに行《ゆ》かねえかあ」って隣りの家へ声をかけた。すると、そこで「おうよ」と返事が聞えた。今度は右隣り、次は向う側へという風にお兵さんは四五軒の家へ声をかけた。と間もなく、皆《みんな》同い年位の男の子や女の子が、笊《ざる》を抱えて雪の

庭へ集って来た。お兵さんも笊を抱えてそのなかに混って、小島を待っていた。小島は丁寧にお爺さんと下女とに礼を述べて、お爺さんの手作りの新しい草鞋を穿いて、子供達の案内で青空の下を雪の大石峠へ上《のぼ》って行ったんだ。

お兵さんは途々《みちみち》狐の穴のありかを教えたり、夏に黄覆盆子《きいちご》の熟す藪を指《ゆびさ》したりして、余念なく小島と話しながら上《のぼ》った。そうしては、時々皆《みんな》と声を合せて、歌を唱《うた》った。さすがに寒かったが、空気の澄んだ雪晴れの山路で、振り返ると眼下に河口湖が青く白皚々《はくがいがい》たるなかに展開している。対岸には雪の富士が金色の朝日を浴びて静かに中空に聳えているのだ。小島は、大きな声で詩吟をやらずにはいられなかったほど幸福だったといったよ。

水車小屋のあるところまで行《ゆ》くと、もうここから上は一本路だからといってお兵さん達は小島と別れることになった。小島はまた丁寧に礼をいって、後は一人で雪の峠を辿り始めた。暫く行《ゆ》くと下の方で「あばな」って声が聞えた。先刻《さつき》の子供達の声だ。小島も立ち止って、湖水の方に顔を向けながら下へ「あばよう」と吸鳴った。そうやって「あばな」と「あばよ」が峠の上下《うえした》で三四度交換されたそうだ。可愛いじゃないか。

小島はその日の夕刻に友人の家のある村まで行って、その晩はそこで泊ったそうだ。

四

小島の長物語はこれで畢《おわ》りだ。畢《おわ》ると直ぐ町田は、是非このお爺さんとお兵《ひょう》さんに会って行《ゆ》こうじゃないかといい出したんだ。僕も、明日天気なら大月に出て帰るのもその幾つか手前の石和《いさわ》に出て帰るのも、そう変りはなかろうし、峠の上の眺望も思いやられるからといって町田説に同意した。すると小島も莞爾笑《にこにこわら》いながら賛成して、「僕もあの親切な人達にもう一度会えるなんてことは、夢にも思っていなかったよ。もう四年たったからね」といった。こうしていよいよ大石峠を越すことになったのさ。

翌《あ》くる日は本当に誂え向きの天気になった、まだ湖水の周囲《まわり》の山々には真白い雲が流れていたけれど。そしてあの辺一帯の祭礼の当日だとかで、朝未明《あさまだき》から賑かな太鼓が方々で聞えているし、村々や街道で出逢った女子供は皆《みんな》晴着を着て莞爾《にこにこ》していた。

僕等も晴々した気持で船津を立って、此方岸《こっちぎし》から石油発動機の無器用な小蒸汽《こ》で大石へ渡った。静かな湖心へ出てもう秋近い朝の富士を見た気持は君達の想像に任せるよ。途中で大石の方から和船《わせん》が、これも美しく着飾った村の女子供を満載して来たのと、擦れ違ったことはいって置こう。

大石村へ入ると僕等は早速往来の男を捉《つかま》えて「中沢」という家のありかを尋ねた。小島は四年前の大雪の日に来たので、どの辺にお兵《ひょう》さんの家があるか見当が付かなかったんだ。ところが中沢姓の家はこの村に沢山在るという返事なので、「お兵という娘のいる家ですがねえ」と小島はとてもこの塩梅では分りっこないという顔で尋ね返した。すると、

「お兵坊の処けえ、そんなら訳はねえだ」と村人は直ぐ二三町先の大きな門構えの家を指《ゆびさ》してくれた。

僕等は種々《いろいろ》と思い思いの空想を逞しくしながら、少し坂になっている石ころ路を足早に歩いて行ったよ。門の屋根からは枝振りの好《い》い松が往来を覗いていた。で町田と僕とが小島を押し込もうとしていた途端に、横合の木戸から手織の筒袖《つつっぽ》を着《き》た三十年

輩の女が出て来て、僕等の方をじろじろ見ながら門の中へ入った。

「今のが下女だな」と僕がいうと、

「さあ、どうもそうらしい」と小島がいってとっとと中へ入って行った。僕等も尾《つ》いて行った。

「そうらあれが湯殿だ、お兵さんが火を燃しつけてくれた」といって、小島は広い中庭のむこうの建物を指《ゆびさ》した。穀倉《こくぐら》らしいのと並んでいて、鶏が幾羽もその辺で遊んでいた。

次いで僕等は、広い母家の閾を跨《また》いで冷々《ひやひや》する土間に立っていた。案内も乞わずに小島は、

「そらあの炉《ろ》だよ、僕が温まったのは。それからあの中障子のところからお爺さんの頭が出たんだ」などと囁いた。町田と僕とは好奇心の目を輝かせて、黒い湯沸しの懸っているその大きな炉や、古びた中障子を眺めた。そしてまた黒光りのする梁や、大黒柱や、板戸を見廻したりした。そうして頻りに空想と事実とを一致させようとしていた。

すると、そこへ先刻《さつき》の女が出て来て訝しそうに三人を見たので、小島は早速四年前の雪の日の話をした。

「まああの時の学生さんでごいしたかよ、珍しいのう」と下女は目を丸くしていった。今度は町田が傍から口を出して、お爺さんと、お兵さんのことを訊くと、

「生憎でごいしたよ。旦那は東っぺらの山へ畑を見に行《ゆ》きいしてね、お兵さんの方は祭で、つい先刻《さつき》向う岸の親類先へ行《ゆ》きいしたよ」という返事だ。僕等は少なからず失望したね。

「じゃ先刻《さつき》湖水で擦れ違った船の中にいたんだな」と小島がいうと、

「そうでごいすよ」と下女は頷いた。

そこへ、大きな黒猫が長い尻尾を引きずって、のそのそ歩いて来た。その後には、同じような黒い仔猫が四匹もついて来た。

「ああの時の猫だ」小島が目を輝《かがやか》していうと、下女もそれを振返って、

「ご存じでごいしたかね、こんなに子持になりいしてね」と笑った。黒猫は別に客を珍しがるでもなく、さっさと納戸の方へ入って行った。

そのうちに僕はふと足許の腰板目《こしばめ》に、女の子の穿《は》く踵《かかと》の細い靴が立てかけてあるのに気が付いたんだ。で、下女に向って、

「お兵さんはもう女学校ですか」と訊ねかけた。すると下女は、「へえ、甲府の女学校へこの春から行っていましてね。今は夏休《なつやすみ》で帰っていられますだ」と答えた。

小島と町田とは黙って僕の顔を見た。両人《ふたり》の顔には何となく失望の色があった。僕は黙って両人《ふたり》に足許の靴を指《ゆびさ》して見せた。

二十分の後には僕等は大石峠を上《のぼ》っていた。僕等はお爺さんにもお兵さんにも会わずに来てしまった。「もうこんな辺鄙な処へは一生来ないだろうなあ」こう小島は呟いていた。

「お兵さんも靴を穿《は》くようになったんだ」町田は独り言のようにいった。僕は人間の運命というようなことを思いながら無言で峠を上《のぼ》って行った。もう秋を思わす空がその上に大きく晴れ渡っていた。……

この旅物語はまあこの辺でお畢《しま》いにした方がよかろうよ。

解説

名取佐和子

野尻抱影の名を見て、肩書きより先に〈星〉が浮かぶ人は多いだろう。何せ「野尻」と命名された小惑星があるくらいだ。雑誌の読者企画「肉眼星の会」を主催して天文少年達を育て、全国に散らばる星の和名を集め、冥王星の名付け親になった。星に関する著書が多く、星の解説だけでなく星にまつわる随筆も詩も俳句も一流だった。星座や神話を語る麗しい文章に詰め込まれた広くて深い学識は、全国のプラネタリウムの解説に影響を与えたばかりか、自ら解説することもあったという。学者ではなく唯一無二の「星の文人」として大家になった。

そんな抱影さん初の単著書籍が、本書『三つ星の頃』だ。抱影さんが編集責任者を務めていた雑誌『中学生』（研究社）に載せた短篇小説の中から選りすぐりの十一篇を纏めたもので、研究社刊の初版は一九二四（大正十三）年。今からざっと百年前になる。

各篇に織り込んだ材料は、いずれも見聞した事実に拠ったものであり、中には僕の忘られぬ追憶《おもいで》に絡んでいるものもあることが、単なる空想で捏《こ》ねあげた甘悲しい少年小説の類よりはましであるとの自信をもっております。

右の文章は、読者の中学生に向けて本の冒頭に書かれた挨拶「序にかえて」だ。自負がすごい。けれど抱影さんの生涯を知り、本書を最後まで読み通してからもう一度序文に戻ると、印象は変わる。

星をつかむ前の野尻抱影が、そこにいる。

野尻抱影（本名・正英《まさふさ》）さんは、一八八五（明治十八）年十一月十五日、神奈川県横浜市中区生まれ。ど真ん中の浜っ子である。子どもの頃から本を乱読し、活動写真に飛びつく、好奇心旺盛な子どもだった。新聞が書き立てて町の話題になった獅子座流星群レオニズにも勿論反応し、観測は失敗したものの、星を探して空を見上げた最初の日となった。抱影さんの人生に関しては、石田五郎著『星の文人　野尻抱影伝』（中公文庫）に詳しい。

兄弟は五人。抱影さんは最年長の長男。父の政助さんが単身赴任したことで、十歳にして家長の役割も担うことになった。実際には気丈な母のギンさんが家を守り、取り仕切ったとはいえ、明治時代の家長制度に裏打ちされた長男という立場が、抱影さんの人格形成に影響を与えなかったとは思えない。実際、末っ子の弟清彦《きよひこ》さんはひとまわりも年が離れていたから、抱影兄さんをおおいに頼り、影響を受けたという。子どもの頃はもちろん、長じて「大佛次郎」というペンネームで『赤穂浪士』『鞍馬天狗』などの時代小説をヒットさせる大作家となったあとも、抱影兄さんに本の校正を頼んだり、新聞小説の感想を毎日電話で聞いたりしていたらしい。そのたび抱影さんは次郎さんの文章に遠慮なく赤を入れ、小説の書き出しが「古くさいぞ」などと注意していたそうだから、長男と末っ子の力関係は生涯揺るがなかったようだ。

抱影少年は文学を志し、早稲田大学英文科に進んだ。進路については、役人か銀行員にという父の希望を長男の自分が無視していいのか、ずいぶん悩んだようだ。本書収録の「海恋い」、「職工の子」、「山羊の声」にもそれぞれ進路に悩む少年が登場する。周りの大人の意向と少年の向上心のベクトルが違った時の苦しさは、抱影少年自身が体験したことだけに、題材にしやすかったのだろう。

大学では文学的素養を持つ友人に恵まれ、小泉八雲や島村抱月の講義を受けたり、文芸誌に翻訳小説を投稿したりと、存分に文学に浸った。後年、早稲田の友人中村星湖に送った手紙に「文学の正道を学んできた」という記述がある。それは掛け値なしに抱影さんの本音であり自負だろう。そしてそのまま正道に就きたかったという願いまで透けて見える。実際は作家でも英文学者でもなく、中学の英語教師の職に就いた。政助さんの定年が迫り、長男として家計を支えねばという義務感が、抱影さんに堅実な仕事を選ばせた。前述した「海恋い」、「職工の子」、「山羊の声」の主人公たちがいずれも適切な大人と出会って、自身の目標へまっすぐのびる道にのせてもらえるラストを迎えるのは、抱影さんの祈りに他ならない。

赴任先は、山梨県立甲府中学校だった。富士山、北岳、間ノ岳と日本で高い山の一位から三位までが揃い踏みする土地で、抱影さんの好奇心が黙っているはずがない。登山に飛びつき、雲の観察に励み、山の様子をスケッチした。甲府の景色、地元の人々の気質やお国訛りは、学校での出来事ともども、本書に収録された「海恋い」「悲しい山椒ノ魚」「猿に変った少年の話」「山羊の声」「雪の宿」などの作品に活かされている。山をはじめ自然の描写がどれも美しいのは、抱影さんの筆力と山々への一途な憧憬のせいだろう。

甲府はまた、抱影さんが星と熱い再会を果たす場所にもなった。中学校の理科準備室に、ドイツ製の望遠鏡が備品として置いてあったのだ。抱影さんは当直の夜に、そのうち当直以外の夜でもわざわざ学校にやって来ては、望遠鏡を校庭に持ち出し、星降る夜空を眺めたという。週末は生徒たちも誘ってみんなで観測を楽しみ、抱影さんは授業でならした話術で星の講義を繰り広げた。「チャッターボックス（おしゃべり）」を自称した博覧強記の抱影先生の話運びがいかに巧みだったかは、本書収録の「追剝団」を読めば臨場感たっぷりに伝わるはずだ。

校長宅に招かれているうちに、抱影さんはその家の姉妹と仲良くなった。やわらかな想いが育まれ、妹の麗さんと結婚する運びとなる。

ほどなく抱影さんは東京の私立麻布中学校に転任し、夫婦水いらずの新居に移ると、娘三人の子宝にも恵まれた。大黒柱となった抱影さんは、本業をこなしつつ、副業で英語研究社（のちの研究社）の編集の仕事もはじめる。仕事の合間を縫って書いた随筆「土星を笑う男」が『新潮』に掲載されたのもこの頃だ。「文学の正道」のそばに戻ってこられた実感が湧いたことだろう。家庭に仕事に文筆にと大車輪で働く抱影さんは、やりがいと幸せを噛みしめていたに違いない。

しかし一九一八（大正七）年、抱影さんを暗雲が包む。日本でも大流行したスペイン風邪に麗さんが罹り、早逝したのだ。

車輪の外れた抱影さんは茫然自失の大失速。本書収録の「自殺した少年のこと」に、自殺を考えている少年とその友人の会話「生と死はどっちが勝っているのだろう」「それはね、価値のない生は寧ろ死に劣るのさ」が出てくるが、まさに抱影さんの生の価値が危ぶまれる時期だった。しかし抱影さんは明治生まれの長男で家長、責任と義務をばねに歩きだす。幼い娘三人を一人で育てることは出来ず、父母が当時住んでいた桜新町の実家へ戻った。教職を辞し、研究社に正社員として入社する。麗さんの姉百合さんと再婚する。日本心霊現象研究会（ＪＳＰＲ）を結成し、心霊研究の本を翻訳する。後年教え子への手紙に「何ともいへぬ暗い時代でした」と綴ったこの時期、抱影さんは最愛の人の〈死〉が落とした大きな影の中で仕事場や家庭での義務を果たしつつ、価値のある〈生〉を必死に探して、もがいていた。

本書『三つ星の頃』に収められた短篇小説はすべて、こういう状況下にあった抱影さんから生みだされた物語だ。どの作品も子どもでも読める簡潔な言葉で書かれ、抱影さんがのちに記す星関連の著作で見られるようなロマンたっぷりの言い回しは出てこない。話の展開や人物の感情はいたって自然で、良質なスケッチのようだ。

そんな収録作品の中で私の心を特に捉えた作品は、「三つ星の頃」だった。

抱影さんが経験した「妻の死」と「星に目覚めた瞬間」という、時系列の違う二つの大きな人生の転機を、愛妻を義姉に、自身を十四歳の主人公とその兄の二人に変換することで一つの物語に結集させている。

「ねえ、一番綺麗な星座は何か覚えているかい？」

「オリオンです」

命の灯が消えかかった義姉と兄のこの会話は、実際に麗さんと抱影さんが交わした会話であることが、『新星座巡礼』（中公文庫）や『星三百六十五夜』（恒星社厚生閣）に収録された随筆や詩からうかがえる。

抱影さんは本書を編む際、この作品を表題作に選び、かつ最初に持ってきた。亡き妻への思いの強さが胸に迫ると同時に、ユリイカと叫ぶ抱影さんの声が聞こえた気がする。子どもの頃より親しんできたからこそ趣味の壁を破れなかった〈星〉。前妻の〈死〉が小説の中でこれと結びつき昇華した時、抱影さんは「文学の正道」に恥じない〈天職〉としての〈星〉を発見したのではないだろうか。

さあ、ここでもう一度、「序にかえて」を読み返そう。門出に立つ抱影さんの並々ならぬ自負が、私は眩しくて嬉しい。

本書が出た翌年の一九二五（大正十四）年、『星座巡礼』（研究社）が刊行された。抱影さんにとって、はじめての星の本だった。以降の八面六臂のご活躍は、解説の冒頭に書いたとおり。一九七七（昭和五十二）年に九十一歳で大往生を遂げるまで、星への好奇心と学究心は衰えず、プロ・アマチュア問わず天文を愛す多くの人々に慕われる「星の先生」として、生涯現役を貫かれた。

抱影さんの著書の中では異彩を放ち、御本人も周りもあまり言及することのなかった本書だが、一九七八（昭和五十三）年刊の北栄社版につづき、このたび世紀をまたいでちくま文庫から復刊されることとなった。三度目の産声に立ち会えた幸せな読者の一人として、私は主張したい。『三つ星の頃』はかそけき星だが、野尻抱影という偉大な星座をつなぐためになくてはならない星なのだと。

（なとり・さわこ　小説家）

ちくま文庫

三《み》つ星《ぼし》の頃《ころ》

二〇二五年一月十日　第一刷発行

著　者　野尻抱影（のじり・ほうえい）
発行者　増田健史
発行所　株式会社　筑摩書房
東京都台東区蔵前二―五―三　〒一一一―八七五五
電話番号　〇三―五六八七―二六〇一（代表）
装幀者　安野光雅
印刷所　三松堂印刷株式会社
製本所　三松堂印刷株式会社

ISBN978-4-480-44012-9　C0193